& UNTERM SCHWÄBISCHEN HIMMEL

HERMANN WÄCHTER

Unterm schwäbischen Himmel

ALLGÄUER ZEITUNGSVERLAG KEMPTEN

Umschlag und Illustrationen: Heinz Schubert

Mundartwörter, die mit einem * versehen sind, werden auf Seite 96 erklärt.
ISBN 3 88006 141 6
Copyright 1989 Allgäuer Zeitungsverlag GmbH, Kempten
Alle Rechte vorbehalten
1. Auflage, 1.–3. Tausend
Gesamtherstellung: Allgäuer Zeitungsverlag Kempten

Im Schwabenland spazierengehn,
den Schwaben unters „Weschtle" sehn;
dies Büchlein lädt Sie herzlich ein,
mit Freude jetzt dabei zu sein.

INHALTSVERZEICHNIS

Wia isch dr Schwaub? 8
Schwätzle 10
Dr Schwaub am Himmelstoar 12
Was macht da Schwaub? 13
Muttersprauch 14
Der geheimnisvolle Ausflug der Kuh Olga 15
Kinderwünsche an den Osterhasen von heute ... 17
Und es gibt doch einen Osterhasen 18
Die wundersame „Auferstehung" des Hasen Stupsi 20
Morgamuffel 21
Mei gueter Freind 22
Küchentip 23
Lants ui schmecke 24
Der kleine Unterschied 25
Schwäbische Feinheiten 26
Ja mei Weible 28
Ma möcht so gern 29
Der erste Schultag 30
Du Freilein 31
Der Schulrat und der kleine Schorschl 32
Ein bildender Künschtler 34
Tatzen für „Hugo" 37
Mahlzeit, Herr Lehrer 40
No a Fortschritt 43
Mein erstes Räuschle 44
Leberkäs und Wünschelrute 46
Der Altweibersommer 50
Abendstimmung 52
Guete Besserung 53

Alles Guete zum Siebzger	54
Das Wunder eines Lächelns	55
Stiller Advent	56
Wintergedanken	58
Das lange Rorate	59
Dr „dumme" Sepp	62
Dr alte Hirt	65
Winterstille	66
Jahreswende	67
Heimatliches Brauchtum im Jahreslauf	69
Dreikönigs-Sänger	70
Lustig ist die Fasenacht	71
Schlenkeln an Lichtmeß – eine Mark für einen Ochsen	73
Einblaseln	75
Aschern	76
Eine Scheibe fürs Schätzle	77
Ratschen rufen zum Gebet	78
Der Maibaum – Symbol des Zusammenhalts	80
Die Eisheiligen – drei frostige Gesellen	81
Feierlicher Umgang	82
Sprung über das Feuer	84
Fünf Mark Haftgeld	85
77 Kräuter für die Weihbuscheln	86
Almabtrieb – der Alpsommer geht zu Ende	88
Der Zachäus weht vom Kirchturm	89
Seelenwecken vom Dotle	90
Die stille Zeit	91
Der Barbarazweig – Vorläufer des Christbaums	92
Kirchenwacht	93
Feuerwerk gegen böse Geister	95
Worterklärungen	96

Wia isch dr Schwaub?

Öfter höart ma ebber* frauga,
wia sie denn seiet so dia Schwauba,
an was ma sie denn nauche* kennt;
i sa Ui iatz, wia d' Schwauba send.

Hintersinnig send se, d' Schwauba,
ja, dös derfet Ihr mir glauba
au hofala*, ganz mit Bedacht,
weil alles ma recht gründle macht.

A luschtigs Liadle, a Musik,
isch für da Schwaub allweil a Glück;
„viertel nach zwei" isch viertel drui,
so schwätzet d' Schwauba, sag i Ui.

Wo oft ma mit'm Zügle fahrt,
für schlechte Täg 's Michele* spart,
wo ma die Silbe „le" of sait,
dau leabet d' Schwauba, liabe Leit.

Sie deant au geara Späßla macha
ond dabei inwendig lacha,
wenn se zum Kopf saget „dr Grend"*,
woiß ma, daß echte Schwauba send.

Sie möget Knöpfla* in dr Brüah,
dunt zeitig aufstauh in dr Früah,
zur Brotzeit trinket se en Moscht,
am beschte schmeckt's, wenn's gar nix koscht.

Er duat it geara spekuliera,
ma könnt am End dabei verliera,
er halt dös zema, was er hot,
d' Hauptsach isch, es geit koi Noat.

Ond wenn er ebbes gar it ma,
nau macht er glei a Zanna* na,
dau ka er fiechtig* grätig* weara
ond ma ka eahn maula höara.

Er ma sei Hoimet, Wiesa, Wälder
Bächla, Bluama, Sträucher, Felder,
ond isch er futt*, zählt dös alloi:
er frait si scho meah auf dahoi!

Schwätzle

Wenn oiner spricht en Dialekt,
hoißts oft: der Mensch isch it perfekt,
recht schnell isch ma dau bei dr Hand,
ond zählt eahn zu am undra Stand.

Ond dia mehr nördlich send geboara,
kommt deane eiser Sprauch zu Oahra,
für dia häb Schwäbisch – so a Quatsch,
en „leichta ordinära Tatsch".

Probieret dia nau Schwäbisch aus,
bringet se oft koi Wöatle raus,
weils it so oifach isch dia Sach
mit deara oigna schwäbisch Sprauch.

Sogar Professer, hochstudiert,
hant eiser Sprauch scho ausprobiert.
Lateinisch hant se gleanet glei,
doch Schwäbisch bringet se it nei!

An vieles, was ma saga ka,
dau hänget mir a "le" no na;
mir saget: Mädle, Herzle, Schneckle,
heirete duat ma ima Fräckle.

A butzigs Kendle isch a Mäusle,
a Schwaub hot oft sei oiges Häusle,
dau wohntr dinna mit seim Weible,
zu deara saitr: bisch mei Täuble.

Iatz fraug i Ui an deara Stell:
geits ebbes Liabers, saget sell*?
Drum, wenn vom Schwaubaländle bisch,
schwätz, wia dei Schnabl gwachsa isch!

Dr Schwaub am Himmelstoar

A Schwaub stoht voar em Himmelstoar
ond bringt sei Aliega dau voar.
Vo dr Welt dunt häb er gnua
ond möcht dau hoba iatz sei Ruah.

Dr Petrus gucket eahn groaß a:
„So schnell goht dös it, gueter Ma,
zeascht mueß i hole mei Kartei,
ob du dau hoba derfscht au rei."

Iatz hellt si 's Gsicht vom Petrus auf
ond lachend sait zum Schwaub er drauf:
„A Schwaub bisch du, ja kas denn sei,
d' Schwauba derfet allweil rei!"

Was macht da Schwaub?

'S Häs* alloi macht no koin Schwaub;
koi Nama, au koi Titel,
es langt au no it, mit Verlaub,
a roates Weschtle unterm Kittel.
Eascht dös macht Schwauba, liabe Leit,
wenn 's Herz vom Schwaub im Weschtle schlait!*

Muttersprauch

Es fraugt dr Lehrer d' Schüaler heit,
warum ma Muattersprauch denn sait,
von Vatersprauch tät ma nix höara,
wer ka, so saitr, dös erklära.

Dau moit dr Bua vom Gmoidsrat Kraus,
in deara Sach kenn er si aus:
„Wenn eiser Vater schwätze will
sait d' Muatter glei: Ma, du bisch still!"

Der geheimnisvolle Ausflug der Kuh Olga

Mit den Tieren auf dem Bauernhof, auf dem ich während des Krieges einige Jahre meiner Kindheit verbrachte, stand ich auf du und du. Ich durfte melken, misten, striegeln, füttern; kurz, es gab keine Arbeit, bei der ich nicht mithelfen oder doch wenigstens zuschauen durfte.

Eines Tages jedoch geschah etwas, das einfach nicht in mein Bubenhirn hinein wollte: Der Bauer führte meine Lieblingskuh, die braungescheckte Olga, aus dem Stall. „Wo goht denn dr Bauer mit dr Olga na?" wollte ich von der Bäuerin wissen. „Ja woisch Bua, dia mueß heit futt", war die knappe Antwort der Bäuerin. Damit gab ich mich jedoch nicht zufrieden. „Isch se krank?", bohrte ich weiter, „nau mueß dr Tierarzt her". „Noi, noi, krank isch se it", beruhigte mich die Bäuerin. Jetzt wollte ich der Sache auf den Grund gehen und rief: „I gang au mit!" Da griff der Bauer ein: „Noi, du bleibsch dau, dös isch nix für Kinder", bestimmte er. Da ich wußte, daß es wenig Sinn hatte, dem Bauern zu widersprechen, fügte ich mich schweren Herzens. Wehmütig schaute ich der Olga nach, als sie mit dem Bauern den Hof verließ. Wo gingen sie bloß hin? Die Sache ließ mir keine Ruhe.

Endlich, nach einer halben Stunde, die mir wie eine Ewigkeit vorkam, waren beide wieder daheim. Sofort nahm ich Olga genau unter die Lupe, um festzustellen, ob irgend eine Veränderung an ihr zu entdecken war. Aber nichts deutete darauf hin, was mit ihr in der letzten halben Stunde geschehen sein könnte — höchstens, daß sie etwas unruhiger als sonst war. Das Ganze wurde mir immer rätselhafter, zumal sich diese Ausflüge auch mit anderen Kühen von Zeit zu Zeit wiederholten und ich weiterhin nicht dabei sein durfte.

Später erfuhr ich dann, daß meine Sorge völlig unbegründet und auch keine Krankheit im Spiel war. Den Tierarzt mußte man nämlich immer erst neun Monate später holen, wenn es galt, als Folge dieser geheimnisvollen Ausflüge, einem munteren Kälbchen auf die Welt zu helfen.

Kinderwünsche an den Osterhasen von heute

Was bringt dr Oschterhas für mi,
i stell eahm glei a Neschtle hi,
wo Oila er neilega ka,
aus Schokolad ond Marzipa.

O du mei liaber Oschterhas
i wünschet mir scho nomol was:
a Fahrrad, dös wär gar it schlecht,
a Feaderball wär au no recht.

Ond vielleicht a Spritzbischtol,
dia mach i nau mit Wasser voll,
i spritz au bloß da Kaktus a,
daß er recht guet wachsa ka.

Geits Pfeil ond Boga no dazua,
wärs für huier ja scho gnua,
bis nägschdes Jauhr, derfsch sicher sei,
fallt mir ebbes Nuis* meah ei.

Und es gibt doch einen Osterhasen

Man schrieb das Kriegsjahr 1942, Donnerstag vor Ostern. Ich war im zarten Knabenalter von fünf Jahren und besuchte den Kindergarten der Englischen Fräulein in Augsburg. Die von uns Kindern heißgeliebten Kindergartenschwestern Mater Beate und Mater Justine eröffneten uns, daß heute der Osterhase in den Kindergarten kommen werde. Nachdem wir an den Nikolaus ebenso glaubten wie an das Christkind, gab es für uns auch keinen Grund, an der Existenz des Osterhasen zu zweifeln. Außerdem war alles, was die Schwestern sagten, sowieso über jeden Zweifel erhaben. Nachdem wir uns in Zweierreihen aufgestellt hatten, wurden wir in den Klostergarten geführt. Dabei sangen wir das Lied „Häschen in der Grube". „Jetzt schaut mal alle nach oben", forderte uns Mater Justine auf. 20 Kinderhälse reckten sich erwartungsfroh in Richtung Dach. Plötzlich öffnete sich ein Fenster und ein leibhaftiger Osterhase schaute heraus. Unsere Begeisterung kannte keine Grenzen. Bevor wir ihm jedoch gebührend zujubeln konnten, war Meister Lampe schon wieder verschwunden. „Jetzt dreht euch mal um", lachte Mater Beate. Wir trauten unseren Augen nicht: Vor uns auf der großen Wiese lagen herrlich bunte Ostereier, für jedes Kind eines. Wir waren sprachlos. Hatte der Osterhase, bevor er sich von uns verabschiedete, noch schnell die Eier ins Gras gelegt?
Seit dieser wahren Geschichte ist nun fast ein halbes Jahrhundert vergangen. Aber jedes Jahr, wenn ich um die Osterzeit Kinder vor den übervollen Schaufenstern stehen sehe, muß ich an den Osterhasen von damals im Dachfenster denken. Und ich frage mich dabei, ob die Kinder von heute sich vorstellen können, wie wir uns damals über ein einziges Osterei gefreut haben.

Die wundersame „Auferstehung" des Hasen Stupsi

Seit Jahren leben in einem schwäbischen Kleinstädtchen zwei Familien friedlich nebeneinander, beide stolze Besitzer von schmucken Einfamilienhäuschen. Nur eines trübte von Zeit zu Zeit das gut nachbarschaftliche Verhältnis: Die eine Familie hatte einen Hund, der mit Vorliebe dem Hasen Stupsi der Nachbarsfamilie nachjagte, wenn dieser im Garten nebenan herumhoppelte. Alle Bitten, auf den Hund besser aufzupassen, halfen wenig. Sein Jagdinstinkt brach immer wieder durch.
Eines Tages passierte es dann: Der Hund kam nach Hause – im Maul den toten, total verdreckten Hasen des Nachbarn. Jetzt war guter Rat teuer. Eilends beschloß man, den toten Stupsi einem reinigenden Bad zu unterziehen und ihn dann heimlich in seinen Stall in Nachbars Garten zurückzulegen. Gesagt, getan.
Es vergingen keine zwei Stunden, da rief die Hasenbesitzerin ihre Nachbarin herbei: „Kommet doch amol rum zu mir, i mueß Ui ebbes zoige!" Der also Herbeigerufenen schwante nichts Gutes, als die beiden in Richtung Hasenstall gingen. Jetzt öffnete die immer noch fassungslos dreinblickende Frau das Türchen und meinte: „Also i verstand dös it, geschtern hand mir eisern Stupsi eigrabe und heit liegt er meah frisch gwäsche in seim Stall dinna!"

Morgamuffel

All Morga lauft mei Wecker ra,
i könnt dös Glump* glei zemaschla,
er reißt mi aus em Bett, em warma,
der kähle* Siach kennt koi Erbarma.

Wo send denn bloß meah meine Schuah,
von deam Tag hau i iatz scho gnua,
i bleib im Bett, 's wead 's Beschte sei,
wär i bloß geschtern bälder nei!

Ins Bad schlürf i iatz langsam num,
vor Drimsligsei* hauts mi fascht um;
wer guckt dau aus em Spiagel raus,
dös bi ja i, a so a Graus!

Da Radio dreh i nauche a,
als nägschdes sei a Liadle dra,
dau singet se vom Luschtigsei,
glei schla i in dean Kaschta nei!

Iatz wackl i in d' Kuche num,
als easchts fliagt Kaffeetassa um,
i hock mi na, mit Ach ond Krach,
wer i nau doch schöa langsam wach.

Streich iatz a Brot mit Marmalad,
mei, schmeckt dös Zuig heit au meah fad,
all Morga isch dös gleiche Gfrett*,
heit aubed gang i bald ins Bett!

Mei gueter Freind

Alle Morga wart i drauf,
dös ka i ehrlich sage,
für eahn stand i glei liaber auf,
mir deant eis guet vertrage.

Wenn i amaul recht traurig bi,
richt er mi glei meah zema,
er isch a gueter Freind für mi,
eahn loß i mir it nema.

Ond wenn i eahn maul nemma* hätt,
dau dät mir fei was fehla,
i gangat nemma ausm Bett,
dös ka i Ui verzähla.

Iatz höar ihn scho, iatz dampft er rei,
mei Troascht für Leib ond Seele,
er riacht, noi duftet gar so fei,
mei liabs, mei guets Kaffeele.

Küchentip

Ja was koch i denn heit bloß?
Mach i Knöpfla in dr Soß,
oder mol en Apfelstrudl,
oder bloß a leera Nudl?

Mit Spinat, dau könnt mas jaga,
hör i meine Kinder saga,
am liabschta möget se Pommfrit,
noi, so ebbes mach i it.

'S Haushaltsgeld isch au glei gar,
dau send guete Vorschläg rar.
Kässpätzle könnt i scho macha,
dia hau i dahoi, dia Sacha.

Was bring i bloß in Hafa* nei?
Halt, iatz fallt mir ebbes ei:
mir gucket doch auf d' Linie grad,
heit mittag geits bloß en Salat!

Lants ui schmecke

Gucksch in d' schwäbisch Kuche nei,
nau glieschtet* di so allerlei,
iatz gucket mir eis dös maul a,
was ma dau alles finde ka:

A Süpple ghöart zum guete Esse,
a echter Schwaub weads nia vergesse,
ja dös Sprichwort hot scho recht:
ebbes Guets isch niamols schlecht.

Dau standet Knöpfla in dr Brüah,
dös verschmähat d' Schwauba nia,
a Kräutle, Bauza*, Schweinebauch,
schmecket ganz guet hindenauch.

Bei Küachle ond em Apfelstrudl
ond ra frischa Kirschanudl,
dau kascht eisre Schwauba hau,
dös könnet dia it stande lau.

Zum guete Essa isch es Brauch,
a guete Nauchspeis hindenauch,
en Bolla Eis mit Apfelküachle,
so stoht es scho in Aegids* Büechle.

Hoscht mit Fraid dös alles gesse,
derfscht a andre Sorg vergesse:
d' Figur hot dir dös glei verzieha,
dös Zuig hot weanig Kaloria!

Der kleine Unterschied

Der Sohn vom Dorfmetzger hatte in seinem Aufsatz einen großen Tintenklecks gemacht und auch mit den Satzzeichen stand er ein wenig auf Kriegsfuß. Er ging zum Herrn Lehrer ans Pult und meinte: „Herr Lehrer, i sa' s Ui glei, i hau dau a Sau g' machet ond wo überall Schwänzle naghöaret, woiß i au it." „Aber Max", verbesserte ihn der Lehrer, „das heißt nicht Sau, sondern Klecks und man sagt nicht Schwänzle, sondern Komma."
Am anderen Tag fehlte der Bub in der Schule. Als er wieder zum Unterricht kam, wollte der Lehrer wissen, wo er gestern gewesen sei. Da meinte der Bub: „Bei eis hot ma nächt* en Klecks gmetzget* ond dau hau i 's Komma höba müesse!"

Schwäbische Feinheiten

Wenn die Schwaben etwas besonders betonen möchten, setzen sie oft das kleine Mundartwörtchen „fei" davor. „Dia Dampfnudle schmecket heit fei ganz prima", lobt der Herr des Hauses das Mittagessen, weil seine Leibspeise wieder einmal besonders gut gelungen ist. „Fei" leitet sich in seiner Bedeutung eigentlich vom Hochdeutschen „fein" ab. „Fahr fei vorsichtig", verabschiedet die fürsorgliche Gattin am Morgen ihren Mann ehe er ins Auto steigt. Und den Kindern wird in die Schule die wohlmeinende Mahnung mitgegeben: „Tuets fei heut euer Pausebrot essa!" „Geschtern isch fei wieder recht spät woara", meint die Gattin beim Frühstück zum überraschten Mann, der nach einem ausgedehnten Wirtshausbesuch spät nachts auf Zehenspitzen ins eheliche Schlafgemach geschlichen war, in der irrigen Annahme, seine Frau schlafe schon selig.
Nicht viel anders verhält es sich mit dem in Schwaben häufig gebrauchten Wörtchen „gell". Auch dies dient der Bekräftigung und Unterstreichung des Gesagten. Man zeigt dadurch auch gleich, daß man vom Gegenüber eine bestätigende Antwort erwartet. Auf die Feststellung „Heit isch warm, gell" kann eigentlich nur ein „Ja" kommen. Ins Hochdeutsche übertragen würde „gell" etwa „hab ich nicht recht" oder „nicht wahr" lauten. Gell kann am Anfang oder Ende eines Satzes

stehen. „Gell Freilein, dös isch heit meah a Hitz", stöhnen die Schulkinder bei hochsommerlichen Temperaturen, um auch gleich den Wunsch anzuschließen: „Heit kriag mer hitzefrei, gell!"
Als besondere schwäbische Spezialität ist es auch in dieser Form anzutreffen: „Gell, Frau Eisele, tuan 'S unser Kaffeekränzle it vergessa" wird die Nachbarin an das nachmittägliche Plauderstündchen erinnert. Die höchste Steigerung jedoch ist es, wenn beide Mundartwörter zusammen verwendet werden. Wenn ein knackiges Schwabenmädle einem allzu aufdringlichen Verehrer mit dem Ordnungsruf „du gell fei" die Grenzen aufzeigt, weiß dieser sofort, wieviel es geschlagen hat. Der also in die Schranken Gewiesene kann darauf dann nur noch antworten: „I mag di fei scho arg geara." Eine liebe Sprache das Schwäbische, gell?

Ja mei Weible

Dr Michl isch a Junggsell gwea,
auf hundert Stund hot ma dös gseha,
koi Knopf am Kittel, d' Hosa schlottret,
dr ganze Kerle recht verlottret.

Später, nauch so Wucha vier,
trifft er sein Freind, da Schorsch beim Bier:
Knöpf am Kittel, saubers Hemd,
iatz hätt i di fascht nemma kennt!

Gell dau guckescht, sait dr oi,
i hau a Weible iatz dahoi,
seit i bi im Ehestand,
hot sui dia Sach iatz in dr Hand.

Dös Knöpfanäha, Socka wäscha,
wia ma mit de Eikaufstäscha
alle Tag zum Kramer goht,
war 's Easchte, was i gleanet hob!

Ma möcht so gern

Ma möcht so gern von allem essa,
d' Figur mol für a Weil vergessa,
bloß goht dös it, weil 's Resultat,
wär hindanauch bloß no Salat.

Ma möcht so gern meah Zwanzge sei,
mei, was fiel oim alles ei!
Wärs nau soweit, dät ma gwiß seha,
es wär it andersch wias scho gwea.

Ma möcht so gern, daß alle Leit
im Frieda leabet, ohne Streit,
weil Kriag ond Haß geit es scho gnua,
bloß — was duat ma sell dazua?

Der erste Schultag

Am easchte Schualtag sait dr Tone,
dia Schual sei soweit gar it ohne,
au 's Freilein könnt ma grad so lau*,
wenn's sei mueß, weads mit ihr scho gauh.

Bloß ois, so lot dr Bua si höara,
dr Altersonterschied dät stöara,
au dia Beschäftigong im Stilla
isch it so recht nach Tones Willa.

Daß 's Freilein „Mau" it sage ka,
dös kreidet ihr dr Tone a;
Mond sait dia, dös hoißt doch Mau,
dr Tone ka dös it verstauh.

Doch, moit dr Bua, 's wead scho no komma
ma mueß ihr Zeit lau, no it bromma,
i bring ihr dös scho langsam bei
's mueß it glei allz am Afang sei.

'S Freilein sait am Mittag nau,
den Ranzen laßt ihr heut gleich dau,
weil Nachmittag wir weitermachen,
mit Abc und andern Sachen.

Dr Tone aber nimmt sein Ranza
ond packt sei Schualzuig ei im Ganza,
nau dreht er si zum Freilein um:
i woiß it, ob i nomaul komm!

Du Freilein

Vom Gmoidsrat Kraus dr kloine Soh
goht die feift* Wuch in d' Schual iatz scho;
d' Lehre nemmt eahn ins Gebet,
weil er sie no mit „du" ared.

Ond wia er dös lot gar it bleiba,
mueß er a Strafaufgabe schreiba:
ich darf nicht „du" zum Freilein saga,
mueß fuchzgmol er ins Heft eintraga.

Wias er ihr zoigt am nägschda Ta,
sie dös zeascht gar it globa ka:
freiwillig hot ers dopplat gschrieba,
am Blatt koi Plätzle frei isch blieba.

Mei Freilein, sait dr Bua ond lacht,
i hau dös iatz glei dopplat gmacht
gell, dös frait „di", sait dr Bua
für „di" hau i dös geara dua!

Der Schulrat und der kleine Schorschl

Der Herr Schulrat war mit seinem VW-Käfer auf dem Weg zur Visitation einer entlegenen schwäbischen Dorfschule. Bereits hier sieht man, daß sich die kleine Geschichte schon vor längerer Zeit zugetragen haben muß, denn erstens gibt es keine dörflichen Zwergschulen mehr und zweitens kommt der Herr Schulrat heute mit dem Dienstwagen. Aber auch wenn die kleine, gemütliche Geschichte in unseren Tagen so nicht mehr passieren könnte, Buben wie den Schorschl gibt es bestimmt auch heute noch.
An jenem Morgen also bestieg der Herr Schulrat seinen fahrbaren Untersatz mit Plastikwinker und „Brezenfenster". Kurz vor dem Ziel blieb das schon etwas betagte Vehikel auf einem Feldweg stehen. Es bewegte sich keinen Meter mehr von der Stelle. Der Schulmann, der von Autos gerade so viel verstand, daß er wußte wo man das Benzin einfüllt, klappte die Motorhaube hoch. Ratlos stand er vor seinem Gefährt.
Da kam fröhlich pfeifend der kleine Schorschl den Feldweg entlang. Als er den Fremden hilflos vor seinem Auto sah, erkundigte er sich: „Isch ebbes hi, goht'r nemme?" Der Herr Schulrat bejahte. Fachmännisch inspizierte der Bub den Motor. „Ja verstehst du denn etwas davon?" wollte der Schulrat wissen. „I scho", klärte ihn der Schorschl auf, „i hau bei eis dahoi au scho da Bulldogg zemagflickt". Der Bub steckte, hantierte und schraubte ein paar Minuten herum und meinte dann: „So, iatz goht'r meah!" Und tatsächlich sprang der Motor an. Der überraschte Schulrat war

heilfroh und bedankte sich mit einem großzügigen Trinkgeld; wollte dann aber doch noch wissen: „Sag mal, hast du denn heute gar keine Schule?" Da meinte der Schorschl: „Ja waischt, zu eis soll heit dr Schualrat komme ond weil i dr Dümmscht bi ond dr Lehrer Angscht hot, er blamiert si mit mir, hotr mi hoimgschickt!"

Ein bildender Künschtler

Wia i a Bua so in dr vierta, feifta Klaß gwea bi, hant mir, mitta onterm Schualjauhr, en nuia Schüaler kriat. Er isch in dr Früah mit em Oberlehrer Schwägele ins Klassazimmer reikomma ond der hot eahn voargstellt: „Kendr, dös isch uier nuier Klassenkamerad", ond daß er ab heit zu eis komma dät ond sei Nama sei Mario Schäufele.
I hau dean Nuia vo oba bis onda gmuschtrat ond bei mir denkt: Mario — descht abr a gspäßiger Nama für an Bua. Mir hand nämlich in dr Klaß eine gewisse Zwiebel Maria ghet, abr dös war ja a Mädle. Ond weil i deara Sach hau auf da Grond gauh wölla, hau i glei da Herr Oberlehrer gfraugat: „Herr Oberlehrer, wieso hat der Nuie so an gspäßgiga Vornama?" Dr Mario dät so hoißa, hot mi dr Oberlehrer aufklärt, weil deam sei Vatr aus Italien stamma dät ond dau bildender Künschtler sei. „Wer weiß denn, was ein bildender Künschtler isch?" hot er weitergfraugat. Wia si neamads meldet, sait dr Herr Oberlehrer: „Jedr nimmt jetzt ein Blatt Papier heraus ond schreibt darauf, was er sich onter einem bildenden Künschtler vorstellt." Iatz simmer daughockat! Ein bildender Künschtler? So ebbes hand mir überhaupt no nia ghöart ghet. Onter ma Hongerkünschtler, ja dau hand mir eis ebbes voarstella könna ond daß beim Zirkus Trapezkünschtler geit, war

eis au bekannt, weil in dr Wuch voarher bei eis aufm Dorfplatz a kloiner Zirkus Statio gmacht hot; abr bildender Künschtler? A paar hand ebbes auf ihra Blatt nagschrieba, die Moischte abr hand Löchr in d' Luft guckat ond an ihram Bleistift kauat. Da Mario hand mir eis au it frauga traua, weil mir it gwißt hand, ob eis der iberhaupts verstoht – bei deam Voarnama.
Nauch a paar Minuta hot dr Herr Oberlehrer gsait: „So, jetzt wollen wir ein paar Antworten hören." Als Easchter war dr Schualbauer Pius dra. „Ein bildender Künschtler", hot der gmoit, „isch einer, der den Leuten eine Bildung beibringt". Dös mueß it ganz gstimmt hau, weil dr Herr Oberlehrer sein Bilmes gschittlat hot, daß eahm fascht dr Zwicker von dr Näs gfalla wär.
Nau hotr mi aufgruafa. I hau gschrieba: „Was ein bildender Künschtler isch, ischt mir nicht bekannt. Ich brauch es auch gar nicht wissen, weil ich so ebbes nicht werden will. Ich bin nämlich bei ons daheim der Älteschte ond muß aus diesem Gronde einmal die Schlosserei von meinem Vater übernehmen. Vielleicht werde ich aber auch ein Kaminkehrer, weil das ein Schwarzer ischt. Ich habe nämlich gehört, wie mein Vater zu meiner Mutter gesagt hat: Solange die Schwarzen am Ruder sind, geht es ons nicht schlecht. Oder vielleicht werde ich auch ein Oberlehrer, weil die sich nicht so oft waschen müssen als wie die Schlosser, weil von dem vielen Waschen bin ich kein großer Freind."
Allz hot glachat ond au em Herr Oberlehrer sei Spitzbäuchle isch auf- ond aghupft wia a Gommiball.
Em greaschta Lätschabebbe* von dr Klaß, em Mengele Toni sei Antwort, ka gar it so falsch gwea sei, weil bei deara hot dr Herr Oberlehrer wohlwollend mit em Kopf gnickt. Der hot gschrieba: „Ein bildender Künschtler ischt einer, der Bilder malt." Dös zum Wis-

sa war für dean abr au koi Konscht, weil der in dr Stadt en Onkl ghet hot, der Kunschtmoler war.
Iatz hot dr Herr Oberlehrer eigriffa: Bildende Künschtler seiat zom Beispiel oine, dia Bilder molat odr au Bildhauer, dia so Statuen ond so a Zuigs macha dädat. Ond dia Künschtler dädat ihre Werke au öfter ausstella ond dia Eröffnung von so ra Ausstellung dät ma Wernisasch hoißa. Dau dazua dädat immr verschiedene Leit komma: Die oine, weil se ebbes davo verstandat; andre, weil se moinet, sie verstandat ebbes davo; ond wiedr andre, weil se moinat, die oine sollat moina, daß sie ebbes davo verstandat. Manche dädat au bloß nagauh, weil se von ebbr mitgschloift wearat; ond a paar kämat, weils bei so ra Wernisasch ebbes Guets zom Essa ond Trinka gea dät — ond dös au no umasoscht.
I hau dös alles it so recht begriffa, bloß dean letschta Satz, dean hau i mir gmörkt, weil i mir denkt hau: Wos ebbes Guets zom Essa ond Trinka geit, dös ka nix Schlechts sei. Ond daumols hau i mir voargnomma: Glei, wenn i groaß bi, fahr i in d' Stadt ond gang au auf so a Wernisasch.

Tatzen für „Hugo"

In den ersten Jahren meiner Schulzeit gehörte der Rohrstock, schlicht Tatzenstecken genannt, noch so selbstverständlich zur Ausstattung eines Schulzimmers, wie Tafel und Kreide. Er stand gut sichtbar und stets griffbereit in der Ecke, daß ihn das Fräulein Schöberle gleich zur Hand hatte, wenn sie ihn brauchte. Und das war gar nicht so selten. Rückblickend muß ich allerdings sagen, daß wir aber auch manchmal schon rechte „Hundsnix" waren. Je nach Schwere des „Vergehens" gab es Hosenspanner oder Tatzen. Die Hosenspanner hat das Fräulein Schöberle dann aber abgeschafft. Ich weiß bis heute nicht, ob es deswegen war, weil der Herr Pfarrer ein gutes Wort für uns eingelegt hat oder weil der Hägele Fritz einmal vorsorglich mit einem Sofakissen als Polster in der Hose zur Schule gekommen ist. Heute ist der Tatzenstecken natürlich längst aus den Klassenzimmern verbannt; schon weil die Kinder viel braver sind als wir es damals waren.
Wir vier Freunde, der Hägele Fritz, der Berger Luis, der Huber Karle und ich, wir waren eine verschworene Gemeinschaft. In schöner Regelmäßigkeit war meistens einer von uns mit den Tatzen an der Reihe. In der Hitliste der Tatzenempfänger belegten wir die vordersten Plätze. Manche Tage waren besonders „tatzensteckenträchtig". Das merkte man gleich zu Unterrichtsbeginn beim Schulgebet. Wenn das Fräulein Schöberle gefährlich das „r" rollte und zum Hölzle Richard sagte: „Rrrrichard rrrraus, bete vorrr!" –

dann wußte man: heute ist Feuer auf dem Dach. An diesen Tagen war es angezeigt, möglichst nicht aufzufallen, um den Zorn, sprich Tatzenstecken, nicht herauszufordern. Die Zeremonie lief immer gleich ab: Damit es auch jeder sieht und es als abschreckendes Beispiel dienen konnte, mußte der Delinquent an die Tafel hinaus und die Hand aufhalten, wie wenn man ihm gleich ein paar Guetsle hineinlegen würde. Dann sauste der Tatzenstecken zwei bis viermal auf die Bubenhand nieder, daß es nur so zischte. Ehrensache, daß man dabei keine Miene verzog — höchstens ein bißchen zusammenzuckte. Auf keinen Fall aber durfte man weinen, schließlich sollte die Klasse anerkennend denken: „Dös isch halt a Kerle!" Aber es tat natürlich schon saumäßig weh; die Finger liefen rot an und wurden heiß wie Bratwürste auf dem Grill.
Da kam uns eines Tages eine Idee, wie man den Schmerz etwas lindern könnte. Der Hägele Fritz hatte zum Geburtstag einen Blechfrosch geschenkt bekommen, der, wenn man ihn an einer bestimmten Stelle drückte, laut quakte. Wir tauften ihn auf den Namen „Hugo". Er gefiel uns so gut, daß wir am liebsten immer alle gleichzeitig mit ihm gespielt hätten. Wir beschlossen nun, daß immer derjenige den Frosch mit heim nehmen darf, der an diesem Tag Bekanntschaft mit dem Tatzenstecken gemacht hatte; gewissermaßen als eine Art Trostwanderpreis. Wem er am Wochenende zufiel, durfte den Hugo sogar über den Sonntag behalten. Diesmal wollte unbedingt ich den Frosch mit nach Hause nehmen. Was aber anstellen? Vor allem sollte es etwas sein, wofür man sich nicht gleich die Höchststrafe von vier Tatzen einhandelte. Endlich glaubte ich das Richtige gefunden zu haben: Das Fräulein Schöberle, deren einziger Lebensinhalt ihre

„Bueble" waren, hatte die Angewohnheit, wenn sie der Klasse etwas erklärte, sich immer auf die Schreibplatte der ersten Bank zu setzen, die ich mit meinem Freund Fritz teilte. Sie behielt diese Angewohnheit auch dann noch bei, als sie sich einmal ins offene Tintenfaß setzte und ein ganz blaues Fidle* hatte. Da sie nicht gerade zu den Schmächtigen im Lande zählte, mußten wir eng zusammenrücken. Wir kannten sie nie anders als in einer schwarzen Kittelschürze, die um ihren üppigen Busen herum schon bedenklich spannte. Wenn sie ihren „heiligen Zorn" hatte und mit wogendem Busen die Bankreihen entlangschnaubte, mußte man um die obersten Knöpfe oft bangen. Ihre grauen Haare hatte sie hinten zu einem Nest zusammengesteckt. Sie war klein von Wuchs und die dunkle Hornbrille gab ihrem Gesicht eine unnötige Strenge. An der Stelle, wo man die Taille vermutete, trug sie einen schwarzen Lackgürtel. Wie jeder richtige Bub in dem Alter, hatte ich neben anderen Utensilien auch immer eine Rolle Spagat im Hosensack. Ich schnitt ein Stück davon ab, band einen Radiergummi dran und befestigte das andere Schnurende vorsichtig am Gürtel vom Fräulein Schöberle. Als sie aufstand, hüpfte ihr der Radiergummi wie eine muntere Maus hinterher. Meine Klassenkameraden lachten schallend. Schallend war auch die Ohrfeige, die ich vom Fräulein Schöberle gleich darauf kassierte. Dann marschierte sie in die Ecke neben der Tafel.

An diesem Tag durfte ich den Hugo mit nach Hause nehmen.

Mahlzeit, Herr Lehrer

In den 70er Jahren wurde ein Freund von mir, damals Volksschullehrer in Augsburg, für einige Wochen zur Aushilfe in ein mittelschwäbisches Dorf versetzt. Da er meine Schwäche für die urgemütlichen Dorfschulen kannte, lud er mich für einen Vormittag in den Unterricht als Gast ein. Meine Bedenken, ob dies denn so einfach ginge, waren schnell zerstreut. Ich sagte mit Freude zu.

Am Morgen eines kalten Novembertages, früh um viertel nach sieben, fuhren wir im Auto vom Herrn Lehrer los. Kurz vor 8 Uhr kamen wir am Schulhaus an. Die Schüler, Buben im Alter zwischen zehn und zwölf Jahren, waren bereits vollzählig versammelt. Als wir das Klassenzimmer betraten, schallte uns aus munteren Kinderkehlen ein vielstimmiges „Grüß Gott, Herr Lehrer" entgegen. Der alte, gußeiserne Ofen spendete wohlige Wärme. Jetzt musterte man aufmerksam den Fremden. War der Besucher vielleicht von der Schulbehörde? Mußte man heute besonders brav sein? Ich setzte mich in die letzte Bank.

Nach dem Schulgebet bat der Herr Lehrer, die Hefte herauszunehmen und die Hausaufgaben, eine Personenbeschreibung, vorzulesen. Immer wieder wanderten verstohlene Blicke nach hinten. Als Erster wurde ein pausbackiger Blondschopf, der aus Ludwig Thomas Lausbubengeschichten entstiegen schien, aufgerufen. „Mein Freund Fritz", begann er, „besitzt rote Haare und darunter zwei abstehende Ohren". Nachdem er die treffliche Personenbeschreibung beendet

hatte, übergab der Schüler mir wortlos sein Heft. Mein Lehrerfreund schmunzelte. Ich warf einen Blick hinein und reichte es dem Schüler mit einigen lobenden Bemerkungen zurück.

In der nächsten Stunde sollten die Namen der im Klassenzimmer auf einer Schautafel abgebildeten Vögel bestimmt werden. Hier schien der Lehrer aus der Stadt mitunter seine Schwierigkeiten zu haben. Die Dorfkinder jedoch konnten genau erklären, an was man eine Bachstelze erkennt. Ein aufgeweckter Lockenkopf meinte denn auch: „Dia kennt ma doch", als sie der Herr Lehrer umtaufen wollte. Der Vormittag verging wie im Flug. Zum Mittagessen gingen wir ins Dorfwirtshaus. Selbstredend nahm der Lehrer mit seinem Gast am Stammtisch Platz. „Herr Lehrer", begann die Wirtin in ausgesucht höflichem, hochdeutsch eingefärbten Schwäbisch, „heut hant mir einen frischen Schweinebrauten, davor vielleicht eine Flädlesuppe, Herr Lehrer, und zum Trinken wie alleweil, gell Herr Lehrer!" Der Lehrer nickte. Ich schloß mich an. Nachdem mein Freund den ersten Schluck von seinem frisch gezapften Hellen genommen hatte, ging die Türe auf und es erschien der Pfarrer des Dorfes. Er hängte seinen Spazierstock an die Garderobe und setzte sich zu uns. Jetzt brachte die Wirtin zwei bis zum Rand gefüllte Teller mit köstlich duftender Flädlesuppe. Gleich dahinter die Tochter des Hauses mit einem herrlichknackigen Salatteller. „Herr Lehrer, der Salat gehört zum Schweinsbraten", meinte sie, um noch schnell hinzuzufügen, „von mir mit Liebe gemacht". Mit gleicher Liebe schienen auch der Schweinebraten und die Kartoffelknödel – in ihrer Größe Kanonenkugeln nicht unähnlich – gemacht worden zu sein. Die spätere Frage der Wirtin, ob's „geschmeckt hat", konnten wir aus vollem Herzen bejahen. „No a Tässle Kaffee, wie immer, Herr Lehrer?" läutete sie nun den letzten Gang ein.

Als es ans Zahlen ging, glaubte ich zunächst an einen Hörfehler. „So, dös macht dann mitanander fünf Mark fuchzig, Herr Lehrer." Auch wenn ich noch so ungläubig schaute, es stimmte. Ja, dachte ich bei mir, Lehrer an einer schwäbischen Dorfschule müßte man sein.

No a Fortschritt

Wenn früher ma ins Wirtshaus isch
hot ma si naghockt an da Tisch,
nau hot ma zur Bedienung gsait:
Zenz, was kascht empfehla heit?

Dia hot nau gsait, i dät ui rauta,
nemmat heit da Schweinebrauta,
gmetzget hot ma bei eis nächt,
esset dean, dau deantr recht.

Dau hot si manches gändret heit,
ma goht ja schliaßlich mit dr Zeit,
beim Griecha, Italiener, Türka
braucht ma si bloß no Nummra mörka.

Scho d' Kinder wisset, wia mas macht,
si bstellet einfach Nummer acht.
Mehr braucht ma dau it schwätze heit
au dös sei Fortschritt, saget d'Leit.

Mein erstes Räuschle

„Bua", sagte der Bauer, auf dessen Hof ich im mittelschwäbischen Hochwang während des Krieges als Stadtkind evakuiert war, „heut derfscht mit zum Moschta". Ich freute mich unbändig. Mit meinen acht Jahren durfte ich noch keinen Most trinken, wie er schmeckt, wußte ich aber schon, denn es zählte zu meinen Aufgaben, dem Bauern jeden Tag zur Brotzeit einen Krug voll aus dem großen Faß im Keller zu holen.
Beladen mit etlichen Zentnern Äpfeln und Birnen tuckerte unser Traktor zur Mosterei ins etwa drei Kilometer entfernte Kreisstädtchen Ichenhausen. „Wen hoscht denn heit dabei?" empfing uns der Moster. „Dös isch eiser Stadtkind", klärte ihn mein Bauer auf. Dann luden wir unsere Fracht ab. „Magsch ebbes zum Trinka", fragte mich der Kelterer und reichte mir ein gefülltes Krügle. Ich probierte und wie das schmeckte! „Dös isch fei guet", sagte ich und leerte das Glas in einem Zug. „Do trink nomol a Gläsle", lud mich der Mann ein. Dieser Vorgang wiederholte sich noch zweimal, wobei der „Saft" mit jedem Glas besser schmeckte. Ich wollte allerdings nicht zugeben, daß es mir in-

zwischen schon etwas mulmig geworden war; schließlich wollte ich doch beweisen, was ich mit meinen acht Jahren schon für ein Kerl sei. Zu dem leichten Schwindelgefühl gesellte sich jetzt auch noch so ein komisches Kribbeln in der Magengegend. „Wo isch denn bei Ui's Häusle?" fragte ich leise, um dann wie der Blitz zu verschwinden.

Von der Heimfahrt bekam ich nicht mehr viel mit. Ich hatte das Gefühl, in einem Karussell zu sitzen. Nicht einmal die herrlichen Torten im Schaufenster vom Konditor Zuckermayer, an denen ich sonst nie ohne sehnsuchtsvollen Blick vorbeigehen konnte, interessierten mich mehr.

Endlich waren wir daheim. Die Bäuerin erkannte sofort mein Räuschle. „Ja send denn ihr narrisch, ihr deppte Mannsbilder, deam Bua a soviel Suser zum Trinka gea", empfing sie den Bauern mit einem Donnerwetter. Mir war alles egal. Nur mehr ganz entfernt und schemenhaft nahm ich wahr, was um mich herum vorging. Ich hatte nur noch den einen Wunsch, möglichst schnell ins Bett zu kommen, um das erste Räuschle meines Lebens auszuschlafen.

Leberkäs und Wünschelrute

Ich war zu Besuch bei Onkel und Tante im Schwäbischen. Nach kurzer Begrüßung ging ich mit meinem Onkel in das urgemütliche Gartenhäuschen, das er sich vor kurzem inmitten seines herrlichen Bauerngartens gebaut hatte. Dort wollten wir uns die Zeit bis zum Mittagessen vertreiben. Gebackener Leberkäse mit Kartoffelsalat war angesagt. Für die Leberkäszubereitung mußte meine Tante, eine exzellente Köchin, ein Spezialrezept gehabt haben; er schmeckte bei ihr immer wie der beste Braten.
Mein Onkel zeigte mir gerade die neuesten Stücke seiner Gesteinssammlung, als es an die Glasscheibe der Eingangstüre klopfte. Draußen stand der Luis, ein im ganzen Gai bekannter Sonderling. In der Hand hielt er eine Wünschelrute. „Du hosch doch eascht dös Gartahäusle do baut", begann er, „i sott amol nochgucke, ob mit dem Grund do alles in Ordnung isch oder ob dau vielleicht a Wasserader durchgoht." Ehe ihn mein Onkel hereinbitten konnte, stand der Luis schon im Zimmer und ließ seine Wünschelrute kreisen. „Auweh, auweh", begann er mit unheilvollem Ton in der Stimme, „viel Freid weascht an dem Häusle it hau, dau unta goht a Wasserader durch." Mein Onkel erschrak. „Ja, was ka ma denn dau doa?" wollte er wissen. „Ja", meinte der Luis, „es geit dau scho a Möglichkeit; hantr a gweihts Wasser dau?"
Zum Glück war mein Onkel erst in der Woche zuvor in einem Wallfahrtsort und hatte von dort ein Fläschchen Heilwasser mitgebracht. Er gab es dem Luis. Die-

ser meinte jedoch nach kurzer Begutachtung, es sei zu wenig geweiht. Für solche Fälle hätte er aber ein Fläschchen mit hochgeweihtem Wasser dabei. Er griff in die Tiefen der Taschen seines Wintermantels, von dem er sich auch bei 30 Grad Hitze im Hochsommer nicht trennte, und zog ein kleines Fläschchen mit Schraubverschluß heraus. Jetzt kniete er sich auf den Boden, schloß die Augen und murmelte: „Heiliger Sankt Michael, heiliger Sankt Gabriel, nehmt mich als euer Werkzeug" ... der Rest war nicht mehr zu verstehen. Dabei bemühte er sich mit ruckartigen Bewegungen, den Inhalt des Fläschchens im Zimmer zu verspritzen. Jetzt öffnete er die Augen wieder. „Jösses na", entfuhr es ihm, „dös Fläschle war ja gar it auf!" Also das ganze nochmals von vorn „Heiliger Sankt Michael, heiliger Sankt Gabriel" ... diesmal besprengte er mit dem geweihten Naß den ganzen Raum, so daß mein Onkel um seine auf dem Schreibtisch liegenden Papiere fürchtete.

In diesem Augenblick kam meine Tante zur Türe herein, um uns zum Essen zu holen. Auch sie schien den Luis zu kennen. Mit dem Ruf „ja was isch denn dau los, send denn ihr narrisch, dau wead ja dös ganz Zuig naß", stürzte sie ins Zimmer. Gelassen erhob sich der Luis, die Zeremonie war ohnehin zu Ende. Als sein Blick auf meine Tante fiel, rief er entsetzt: „Ja Frau, was hant denn Ihr dau für en fuierroata Pullover a, dös isch ja meahr wia ogsund, ihr hant bestimmt allweil kalte Füaß, ond blaß sendr au, bei Ui stimmts mitm Kreislauf it", stellte er gleich ungefragt auch die Diagnose. „'s Essa isch fertig", wollte meine Tante der Sitzung des Wunderheilers ein Ende machen. „Ja, mir kommet glei", beruhigte sie mein Onkel. „Es wead au Zeit, mei Leberkäs isch am Verbruzzla im Roahr",

47

drängte sie. Den Luis brachte dies jedoch nicht aus der Ruhe. Jetzt kramte er zwei Kerzen aus seiner Tasche, stellte sie auf den Tisch und bat meinen Onkel, sie anzuzünden. „Auf dem Grundstück", begann der Luis mit geheimnisvoll-gedämpfter Stimme, „hot in früherer Zeit ebber gleabt, der bis heit im Jenseits koi Ruah it findet", um sogleich beruhigend hinzuzufügen „aber i bring dös in Ordnung". Den Einwand meines On-

kels, er habe das Grundstück erst vor zehn Jahren gekauft, überhörte er. Wieder wurden die beiden Erzengel angerufen, ihn als Werkzeug zu nehmen. Meine Tante sah mich an, rollte ungeduldig mit den Augen; sie dachte nur an ihren Leberkäs.
Endlich schien die Prozedur ihrem Ende entgegenzugehen. Der Luis rüstete zum Aufbruch, nicht ohne jedoch vorher noch anzumerken, daß der zweite Wünschelrutengänger, der in dieser Gegend unterwegs ist, doch ein rechter Scharlatan sei. „Ond dös wear i Ui beweisa." Er zauberte ein Kreuz hervor, das an einem Draht baumelte. „Gucket her", forderte er uns auf, „wenn dös Kreiz vor- ond zruckpendelt, hau i gloga, wenns aber im Kreis goht, hau i recht." Wieder mußten Michael und Gabriel herhalten. Das Kreuz beschrieb tatsächlich einen Kreis. Dabei war jedoch nicht zu übersehen, daß der Luis mit seinem Zeigefinger der gewünschten Richtung dezent nachhalf. „So", beschloß er nun die Sitzung, „iatz send alle böase Goischter vertriebe." „Jawohl, ond mei Leberkäs kalt", ergänzte meine Tante etwas spitz. „Geld nimm i koins", gab sich der Luis großzügig, während er seine Utensilien in der Manteltasche verstaute, um noch schnell hinzuzufügen „bloß von die Reiche". Wie ich feststellen konnte, gehörte mein Onkel offenbar nicht dazu. Der Luis verabschiedete sich.
Jetzt endlich konnten wir uns über den Leberkäs, der schon arg runzlig geworden war, hermachen. Und der Apfelstrudel zum Nachtisch, der bei meiner Tante himmlisch schmeckte, wertete das Mittagessen vollends zu einem Festmenü auf. Warum meine Tante allerdings, gleich nachdem der Luis gegangen war, ihren knallroten Pulli mit einem gelben vertauscht hatte, ist mir bis heute ein Rätsel.

Der Altweibersommer

Wenn im Herbst die braunen Blätter von den Bäumen fallen und die ersten Nebel in der trüben Landschaft auftauchen, hofft man auf letzte warme und sonnige Tage. Der Volksmund hat dafür den Begriff Altweibersommer geprägt. Woher kommt nun aber diese Bezeichnung?
Im „Handwörterbuch des deutschen Aberglaubens" aus dem Jahre 1927 erfährt man darüber einiges.
Die von winzigen jungen Spinnen herrührenden Fäden, die an sonnigen und warmen Frühlings- und besonders Herbsttagen durch die Luft fliegen, werden, da ihre eigentliche Herkunft zumeist unbekannt ist, vom Volke verschieden gedeutet. Eine ganze Reihe von Bezeichnungen weisen lediglich auf die Zeit hin, in der die Spinnweben beobachtet werden. Daher auch die Namen Sommerfäden, Herbstfäden. Sie entbehren jedes abergläubischen Inhalts und sind als Terminbezeichnungen aufzufassen.
Verhältnismäßig nahe lag der Gedanke, die fliegenden Fäden als einen Abschied vom Sommer zu empfinden. Wesentlich älter ist die Meinung, es handle sich bei den Fäden um Gespinste. In vielen Fällen begnügt man sich mit dieser Erkenntnis. Die Phantasie des Volkes arbeitet jedoch weiter. Sie fragt nach der Spinnerin und findet diese in der Jungfrau Maria, die mit 11 000 Jung-

frauen im Herbst umherzieht und das Land mit Seide überspannt. Daher auch die Bezeichnung Mariengarn, Mariengespinst oder Liebfrauenfäden.
Auch der Glaube, es handle sich dabei um Fäden aus dem Mantel der Jungfrau Maria, den diese bei ihrer Himmelfahrt trug, war ehedem im Volksbewußtsein verwurzelt. Kein Zweifel jedoch kann darüber bestehen, daß Maria hier, wie in vielen anderen Fällen, die Nachfolge älterer, mythologischer Gestalten angetreten hat, die sich gelegentlich im Volksbewußtsein erhalten haben. So wird u. a. die Mondspinnerin für die Fäden des Altweibersommers verantwortlich gemacht, oder Frau Holle ist es, die als Spinnerin durch das Land zieht.
Die Bezeichnung Altweibersommer als solche ist noch recht jung und taucht erst etwa 1807 auf. Sie faßt die Spätsommererscheinung als Nachblüte des Sommers auf und vergleicht sie sentimental mit gealterten Frauen.
Ganz allgemein gilt die Vorstellung, daß die fliegenden Fäden dem Menschen, an dessen Kleider sie sich heften, Glück bringen. Im übrigen dienen sie als günstige Wetterboten, die auf einen guten Herbst schließen lassen.

Abendstimmung

Es geit dr Tag em Aubed d' Hand
sanft legt si Dämmerung aufs Land,
es wead so still in Wald ond Fluhr,
zom Schlaufa richt si ei d' Natur.

Ond au der muntre Spatzachoar
klingt nemma iatz an eiser Oahr,
grad, daß ma höart no in der Stille
dös leise Zirpa von ra Grille.

Lautlos tanzet d' Mucka Reiga,
dr Aubedwend spielt mit de Zweiga,
's Bächle murmlet vor si na,
wia wenns eis ebbes saga ma.

Ond stiller weads iatz au im Haus,
ganz langsam löschet d' Liachter aus,
friedlich legt si allz zur Ruah
ond dr Tag macht d' Läda zua.

Guete Besserung

Mitta aus dr Arbat raus
hots ghoißa: nei ins Krankahaus,
so viel wär no zom Macha gwea,
d' Arbat hot ma liega seha.

Auf oimol aber mörkt mas richtig,
was für da Mensch alloi isch wichtig:
Gsondheit hoißt dös oine Woat,
ohne dia do geits bloß Noat.

Iatz gohts meah besser, Gott sei Dank,
langsam kriagt ma meah da Rank;
iatz hoißt es bloß it hanga lau,
es ka ja nur meah aufwärts gauh.

Mir wünschet: Wear recht bald meah gsond,
wias früher war solls weara — ond:
loß diamaul* au a Arbat stauh,
mir möchtet di no länger hau!

Alles Guete zum Siebzger

Ma kommt mit Gschenker, Bluamasträuß,
ond möcht so zoiga auf dia Weis,
daß alle deam Geburtstagskend,
von Herza liab ond guet sei wend.

Siebzg Jauhr, dös isch a langa Zeit,
doch wenn ma se so zruckgoht heit,
nau war se au meah schnell vorbei,
ond au viel Schöans war mit dabei.

Gwiß hots au diamaul Sorga gea,
am End isch alles recht meah gwea,
daß dös au weiterhin so sei,
der Wunsch isch au von eis dabei.

Au saget mir zum Wiagefescht
heut dankschön, weiter 's Allerbescht,
Glück ond Gsundheit, a langs Leaba,
dr Herrgott wead da Seaga geaba!

Das Wunder eines Lächelns

Guckt oiner di recht grätig a,
weil er di grad it leida ma,
schenk eahm a Lächla ond iatz guck,
auf oimol kommt a Lächla zruck.

Dös Lächla hot mit seiner Kraft
scho oftmols a kloins Wunder gschafft,
es ka oim ohne Woate sa:
komm, dea mer eis doch meah vertra!

Stiller Advent

Advent — dös sei die stille Zeit,
so hot amol a Dichter gsait;
doch wenn mas heit genau betracht,
ma iatz da greaschta Omuas* macht.

Es scheint, es isch die lautescht Zeit,
wia Hummla pfurrat* rom dia Leit.
Grad nix scheint iatz schnell gnua zom ganga
wia narrisch send dia Leit afanga.

Ob groaße Mandr, kloine Kend,
iatz schier gar aus em Häusle send.
In ra Wuch isch es so weit —
o Advent, du stille Zeit!

Allerhand geits no zom macha,
Chrischtbaum koffa, Loibla bacha;
Gschenkla für da groaßa Bruader,
für da Onkel ond für d' Muatter.

It vergessa derf ma Tante
ond die übrige Verwandte,
a Kloinigkeit für Nauchbaurs Bua,
braucht ma huier no dazua.

Da Weihnachtsbrauta mueß ma kaufa,
kaufa, kaufa, renna, laufa.
Bevor di omluegscht, isch soweit –
o Advent, du stille Zeit!

D'Flugkarta mueß ma no buacha,
vorher no da Opa bsuacha,
d'Kassa klinglat, Umsatz lacht,
a Kinderchor singt „Stille Nacht".

Ond fraugat ma: derfs denn dös geba,
hoißts, dös dät da Umsatz heba;
a Untersuchung häb dös gsait –
o Advent, du stille Zeit!

Ond mittlescht* in de laute Zeita,
ond dös hot gwiß was zom bedeuta,
dau moinat viele Menscha heit:
ma brauchats scho, dia stille Zeit.

Doch dia ka scheints eascht nau meah komma,
wenn mir meah allsamt ohne Bromma
mit Weaniger au zfrieda send,
ob groaße Leit, ob kloine Kend.

Es häb scho mol so Zeita gea,
wo ma mit Weanig glücklich gwea.
Nau kommts vielleicht au meah soweit,
das hoißt: Advent, du stille Zeit.

Wintergedanken

Dr Acker dussa leit voll Schnea,
grad war doch no dr Hörbscht im Land;
an so ebbes isch guet zom Seha
wia schnell dia Jährla doch vergant.

Dr Apfelbaum isch übersponna
hauchzart mit Eis, fascht über Nacht;
i lueg eahn a, bi ganz versonna*,
er war doch eascht in Blüatapracht.

So goht dia Zeit, so gant dia Jährla,
im Spiagel ka mas deutlich seha:
silbergrau send iatz dia Härla
ond grad isch ma a Bua no gwea.

Das lange Rorate

Wia i a Schualbua gwea bi, hant mir in dr Adventszeit zwoimol in dr Wuch ins Rorate gmüeßt. In aller Herrgottsfrüah, om halba semna, isch dia Mess scho aganga, ond ma hot dabei immer dös Liad gsonga: „Tauet Himmel den Gerechten, Wolken regnet ihn herab." I hau mir denkt, wia soll iatz dös gauh, dös isch doch umöglich, im Wintr schneits doch bloß! Abr i hau mi nau damit zfrieda gea, daß eiser Herr Pfarr scho wissa wead, was damit gmoit isch. I bi nämlich dr Anahm gwea, daß alle Liadr, dia im Laudate dinna standat, eiser hochwürdiger Herr sell dichtat hot.
An deam Tag bi i neabr meim Freind, em Heinle Baschtl, in dr Buababank gstanda ond hau drauf gwartet, daß dia Mess endlich agoht. Fiechtig kalt isch gwea, weil a ghoizta Kirch hots daumols no it gea. 'S Eis isch an de Wänd gstanda ond bei jedem Schnaufr, dean ma doa hot, hots so en weißa Rauch voar em Gsicht gea. Mir hant grad eisre mitbrauchte Kerzla azonda ghet, do goht d' Sakrischteitüar auf – ond raus kommt mit de Minischtranta it eiser Pfarr, sondern dr Pfarr Weltle vom Nauchbaurdorf, der immer ausgholfa hot, wenn eiser geischtlicher Herr a bißle kränklat hot, was in dr kalta Jauhreszeit öftr dr Fall gwea isch.
I bi z'Toad verschrocka, weil ma gwißt hot, daß dr Pfarr Weltle immer uheimlich lang romdrecklat ond nia koi End it fendat! Ond au an deam Morga isch es it andersch gwea. Dös Rorate hot se in d'Läng zoga, daß ma gmoit hot, ma verleabts nemma. Scho mir Buaba

hant bibbrat* voar Kälte, ond eascht d'Mädla: dia hots a so gfroara, daß se mitm Zittra gar nemma nauchkomma send! Also, a bißle boßhaft war er scho, dr Pfarrer Weltle, er hot genau gwißt, daß d'Leit au meah naus wend, abr er hot mit Fleiß koi End it gfonda. D'Leit send scho langsam uruhig woara. D'Fraua hant an da hoißa Morgakaffee dahoi denkt ond mir an eiser warms Schualzimmer, wo dr Hausmoischtr Mögele bestimmt grad da gußeiserna Ofa agschiert hot, daß schöa warm isch, bis mir kommat. Dr Baschtl ond i, mir hant eis d'Fingr a bißle an de Kerza gwörmt. Dau nemmt mei Freind sei Kerz ond hebt d'Flamm so näh an d'Holzbank na, daß dia schwaaz woara isch, wia a Holzkohl. „Bürschle", hotr mir zuazischt, „wenn d'ebbes saischt, verschla dr da Grend!"
I hätt eahn au so it verrauta, er isch nämlich dr Stärkere vo eis zwoi gwea. Dr Zwiebl Tone, dear dös au gseha hot, hot glei demonschtrativ auf de andr Seita guckat, abr dös war ja sowieso a Lätschabebbe. Aber dau isch scho passiert gwea: Dr Mesmer Heinle hot grad in deam Augablick zu eis romguckat; wahrscheinlich hotr ebbes grocha, weil es hot a bißle brandalat. Auweh, hau i mir denkt, dös goht böas naus! Glei ischr an da Tatort gspronga komma ond hot gsait, mir sollat noch dr Mess' in d'Sakrischtei komma, alle boide. Fraugat it, wia mir verschrocka send!
D' Hosa gstricha voll, send mir zu eahm nei. „I hau ui glei alle zwoi komma lau, weil ma bei ui ja nia woiß, weam dear Blödsinn eigfalla isch", hot dr Mesmer zur Strofpredigt agsetzt. Dös hätt er abr gar it sa braucha, weil i da Baschtl in sölle Situationa sowiaso nia alloi glau hätt. „Was isch ui liaber", hot er weiter gfraugat, „i meld dia Sach uiram Lehrer, oder ihr kommat heit nametta in d'Kirch zom Silberputza?" Weil mir gwißt

hant, daß mir beim Lehrer bloß meah en ulanga Strafaufsatz schreiba müassat, hant mir eis fürs Silberputza entschieda. Nametta um drui hant mir dau sei müassa. A jeds hot an Lumpa kriagt ond a Fläschle Sidol. Nau hot dr Mesmer die silberne Leuchter, 's Rauchfaß ond 's Schiffle, wo ma da Weihrauch neiduat, brocht. Iatz hot er au no d' Glocka von de Minischtranta agschleuft, dia von deane ihre Fingr bsonders verdappat* warat. Mir hant eis glei über eiser Arbat gmacht. Poliert hant mir wia dr Teifl; dös hot au dean Voartoil ghet, daß eis it gar so gfroara hot; viel wörmer wia in dr Kirch wars nämlich in dr Sakrischtei au it. „Duant mir fei mit deam Sidol spara, dös isch tuier", hot eis dr Mesmer no gmahnat, ond nau hotr eis alloi glau.
Kurz vor mir fertig warat, goht d' Sakrischteitüar auf ond reikommt 's Freilein Anna, dia em Herr Pfarr sei Schweschter ond au sei Hausere* gwea isch. „Wenn dr fertig send, sollat ihr zom Herr Pfarr nomkomma", hot se gsait. Mir hant eis aguckat ond it recht gwißt, ob dös iatz a guets oder a schlechts Zoicha isch.
Wia mir in da Pfarrhof nomkommat, sitzt dr geischtlich Herr in seim alta, agwetzta Hauskittel blaß in seinem Oahrabackasessel din. „So, Buaba", hotr eis empfanga, ond dabei sei guetmüatigs Lächla im Gsicht ghet, „iatz hockat na ond duant ui eascht amol aufwörma". Ond nau isch Tüar aufganga ond 's Freilein Anna reikomma mit zwoi Schüssla hoißa Milli ond ama ganza Kar voll mit frische Apflnudla, dia no warm warat. „Buaba", hot eis dr Herr Pfarr eiglada, „lants ui schmecke". „Vergelt's Gott, Hochwürden", hau i gsait, „ond mir versprechat Ui hoach ond heilig, daß mir im Rorate nemma zendlat; ond – bittschön wearat bald meah gsond, weil Uire Rorate send halt viel die schöanere als wia dia vom Pfarrer Weltle!"

Dr „dumme" Sepp

Dr Hägele isch dr reichschte Bauer im Dorf gwea. Es hot ghoißa, er sei dr greaschte weit ond broit. Sei Hof isch glei neaber dr Kirch gwea. Dr Bruader von deam Bauer, dös war dr Sepp. Der isch geischtig a bißle zruckblieba gwea. Im Dorf hotr bloß „dr deppate Sepp" ghoißa. Ond au mir Kender waret recht frech zu eahm. Wenn er d'Dorfstroß rakomma isch, hant mir scho von aller Weite gschriea: „Sepp, Depp, Hennadreck, beißt dr Katz da Wedl weg!" Nau send mir aber schnell davogspronga, weil mir a bißle Angscht ghet hand vor em Sepp. Es isch au voarkomma, daß dös dr Pfarrer Burger ghöart hot; nau isch jedsmaul a Strafaufsatz fällig gwea.

Nia hot dr Sepp au bloß oi oizigs Wöatle gschwätzt, ma hot moina könna, er sei stumm. An Stiftakopf hotr ghet, a Gsicht wia Leader ond an de Füaß a Hornhaut wia a indischer Elefant, weil er dreivirtl vom Jauhr barfuaß ganga isch. Über die agmähte Stoppelfelder hot der drüberspaziere könna, wia wenn er über an moosiga Waldboda gange dät. A Kraft hotr ghet wia a Bär. Im Holz duß hotr Baumstämm moischtens ganz alloi aufglada. Wia alt dr Sepp war, dös hot koiner gwißt, 's hot au neamads intressiert.

In dr Werkstatt überm Hof hot ma eahm a alta Bettstatt, en Tisch ond en Stuahl neigstellt. Hos ond Hemad hotr an en Nagel naghängt, den er in an Balka neigschla hot. Dös war die ganz Behausung vom Sepp. Mir hand dös gwißt, weil mir amaul beim Feaschtr neigspitzlet hand, wo dr Sepp it dau war. Gessa hotr it beim Bauer am Tisch; ma hot eahm d'Mahlzeita inra Blechschüssl in d'Werkstatt nausbringa müassa. Am Sonnteg in dr Kirch hotr allweil a bsondere Aufgab ghet: Er hot da Blausbalg zoga, wenn dr Lehrer Stängele Orgel gspielt hot. Ohne oi Wöatle zum sa, hotr si an d'Arbat gmacht; ond grad so ischr danauch meah davogschlicha.

Dau isch eines Tages ebbes passiert, dös d'Moinung über da Sepp schlagartig gändret hot. Es war a paar Täg vor Weihnächta. Mir Buaba von dr zwoita Klaß hand in dr Schual ausgmacht, daß mir eis nametta treffet, weil es hot ghoißa, dr Dorfweiher sei zuagfroara. „Dau gant mir na zum Schleifa" hot ma beschlossa. Dahoim hant mir natirlich it verzählt, was mir vorhand, weil 's Schliefra* hot die Schuahsohla alles, bloß it guet doa, ond mir hand daumauls bloß a gotzigs* Paar Schuah ghet.

Wia mir an da Weiher nakommet, sait mei Freind, dr Baschtl: „Dia Eisdecke gucket aber no recht nixig* aus." „Ihr send vielleicht so Schißhasa", hot dr Mengele Tone agea, „wenn ihr d'Hosa voll hand, i trau mi". Ond scho isch er aufs Eis nausglaufa, dös scho nach a paar Schritt so verdächtig knackst hot. Mir hand grad no schreia wölla „paß auf", do hots scho kracht ond dr Tone isch eibrocha. Im Nu ischr bis zum Bauch im Wasser gstanda. Wia er so zapplat ond rumgfuhrwerkt hot, isch er allweil no tiafer versunka. Iatz hotr au no zum Heula agfanga. „Helfat mir doch!" hotr gjaumrat, aber koiner vo eis hot si naustraut zu eahm. „Was dea mer bloß?" hot dr Baschtl gfrauget. Daugstanda semmer wia 's heulend Elend.

Auf oimaul hand mir hinter eis Schritt ghöart, ond wia a Goischt isch dr Sepp daugstanda! Frauget it, wia mir

verschrocka send! Der aber hot it lang gfacklet: wia er war, mitm ganza Gwand a, isch er auf da Weiher naus. Em Tone isch 's Wasser inzwischa scho fascht bis zum Hals gstanda, ond im Gsicht war er blau, wia a Zwetschg. Dr Sepp hotn wia a Kendle auf boide Ärm gnomma ond ans Ufer tra. Eis isch a Stoi vom Herza gfalla! Dr Sepp isch mit deam tropfnassa Kerle, der am ganza Leib bibbrat hot, hoigsprunga ond hotn in d' Stub neigstellt. Bis deam seine Eltra überhaupt begriffa hand, was los isch, war dr Sepp scho meah duß bei dr Tüar.
Tagelang hot ma im Dorf koi anders Thema meah ghet. Dr Tone hot a paar Täg im Bett bleiba müassa, aber am Tag voar em Heilige Aubed ischr scho meah quietschfidel gwea.
Wia i am Heilige Aubed in d'Mette ganga bi, hau i uwillkürlich zum Sepp in da Hof neiguckat. Ond dau hau i gseha, daß vor seiner Tüar zwoi Päckla gleaga send, in Weihnachtspapier eigwicklet ond mit em roata Schloifle drumrum. Ond i woiß it — irgendwia hot ma dös Gfühl ghet, wia wenn von deam Tag a alle Leit im Dorf zum Sepp a bißle netter gwea wäret. Für eis Kender ischr seit deara Gschicht fascht so ebbes wia a Held gwea. Heit könnt so ebbes nemma passiere. Dean schöana Dorfweiher hot ma zuagschüttet. Er hot Platz macha müassa für a Durchgangsstroß. — Eigentlich schad.

Dr alte Hirt

Dr alte Hirt hockt auf ma Stoi
im Feld bei seine Schauf,
er isch so wach und ganz alloi,
er findet heit koin Schlauf.

Dia Nacht dunkt eahn so gspäßig heit,
am Hemel* funklat d' Steara,
eahm isch, als dät er vo dr Weit
iatz Engl singa höara.

Er loosat* naus in d' Winternacht,
auf oimaul weads so lind;
a Wies stoht in dr Bluamapracht,
wia mas im Friahling find!

Ganz drimslig stoht der Schäfer auf,
in d' Auga bricht a Schei,
er blinzlat in da Hemel nauf,
was Extrigs mueß heit sei.

Winterstille

Winter isch — dick fallat d'Flocka,
d'Natur isch zuadeckt, alles weiß,
dau isch im Warma gmüetle hocka,
am Feaschter blüaht a Bluam aus Eis.

In oim futt schneit es heit so zua;
dau isch es oim — wia soll i sa,
als käm ma au a weng zuar Ruah,
an sölle stille Winterta.

Wia schnell isch doch dös Jauhr verganga,
ond hots au diamaul Sorga gea,
dr Herrgott lot eis scho it hanga,
dös hoscht au huier wieder gseha.

Dau deana iberm schwaaza Wald
ziaht grad a Steara rauf,
wenns dussa duschter isch ond kalt,
fallt oim a Liacht glei auf.

A Wörma goht iatz in Di nei,
Du liesch a Buach, heit fendsch mol Zeit;
dazua schenk a guets Tröpfle ei,
dia Urascht, dia bleibt dussa heit.

Ma braucht so Stonda zwischanei,
hebs fescht mit boide Händ,
nix anders derf dau wichtig sei,
sie send ja so schnell z'End!

Jahreswende

Dös alte Jauhr isch fascht vorbei,
ond 's nuie ziaht scho langsam rauf;
wars guet, wars schlecht, es sei wias sei,
oins meahr isch auf dr Zeituhr drauf.

Wenn ma dös alte Jauhr betracht'
ond goht so in Gedanka zrück,
ganz gleich, wia immer ma dös macht,
ma mörkt si 's Guete, döscht a Glück.

Iatz komm no rauf, du nuies Jauhr,
gwiß hoscht au du meah Kanta, Ecka;
mir schaffetes meah, dös isch doch klar,
an echta Schwaub kascht it verschrecka!

*Heimatliches Brauchtum
im Jahreslauf*

In jüngster Zeit kann man ein gestiegenes Interesse am Brauchtum unserer Heimat feststellen. Nach Jahren der Abkehr von Altem, Überliefertem scheint nun eine Art Rückbesinnung zu erfolgen. Immer mehr Menschen, darunter auch erfreulich viele junge, entdecken in zunehmendem Maße wieder die Schönheit alter Bräuche. Diese neue Hinwendung zu bodenständigem, ursprünglichem Volksgut, kulturellen Eigenwerten und wertvoller Sitte, ist in vielen Bereichen zu beobachten. Die Besinnung auf Heimat und Brauchtum hat wieder einen höheren Stellenwert im Bewußtstein der Menschen erlangt.
Im folgenden soll nun versucht werden, einerseits an Altes, zum Teil schon in Vergessenheit Geratenes zu erinnern und andererseits die Schönheit unseres heimatlichen, brauchtümlichen Geschehens aufzuzeigen. Dabei ist es naturgemäß an dieser Stelle nicht möglich, auf die Vielzahl der Sitten und Gebräuche, die sich im Laufe der Jahrhunderte entwickelt haben, in ihrer ganzen Bandbreite erschöpfend einzugehen. Aber auch bereits einiges Typische kann einen Eindruck von der Schönheit und Vielfalt heimischen Brauchtums vermitteln.

Dreikönigs-Sänger

Die Tage der Jahreswende sind seit jeher reich an Bräuchen. Das Lärmen und Knallen in dieser Zeit geht auf den heidnischen Glauben zurück, wonach man mit einem „Heidenlärm" die gefürchteten Dämonen des Winters vertreiben zu können glaubte.
Am Dreikönigstag, dem 6. Januar, werden Haus und Stall ausgeräuchert, um die bösen Geister daraus zu verbannen. Mit dem Dreikönigswasser, dem eine besondere Segenskraft zuerkannt wird, werden die Räume besprengt und mit geweihter Kreide an die Türen die Buchstaben K-M-B gemalt, was fälschlicherweise oft als die Initialen der Heiligen Drei Könige Kaspar, Melchior, Balthasar interpretiert wird. Tatsächlich stehen sie jedoch für den Segensspruch:
Christus mansionem benedicat = „Christus segne dieses Haus". Die Dreikönigssänger, die „Sternsinger", ziehen auf den Spuren der Heiligen Drei Könige von Haus zu Haus, um Geld für die Mission, für Projekte in der Dritten Welt zu sammeln.

Lustig ist die Fasenacht

Nach dem Dreikönigstag beginnt der Fasching, die schwäbische „Fasnet". Maskenverkleidung und lärmende Umzüge sind dabei Ausdruck der Lebensfreude. Masken- und Hästräger prägen das Bild.
Das Fastnachtsbrauchtum hat zahlreiche geschichtliche Wurzeln und eine lange Tradition. Ein erster Höhepunkt reicht mit ziemlicher Sicherheit bereits in die erste Hälfte des 15. Jahrhunderts zurück, als prachtvolle, ausgelassene Maskenumläufe stattfanden, deren Organisatoren meistens die Zünfte waren.
Zu Grunde lag dem närrischen Treiben und Herumtoben mit lärmender Musik in der Fasnacht der Glaube, die bösen Geister und finsteren Dämonen des Winters zu verscheuchen.
An der Herkunft des Wortes Fasnacht oder Fastnacht scheiden sich die Geister. Es komme vom alten Wort „faseln" mit der Bedeutung „Unsinn reden" behaupten die einen, während eine andere Quelle davon spricht, daß man die Nacht vor dem Beginn der Fastenzeit die Fastnacht nannte und diese Bezeichnung kurzerhand auch auf die Wochen davor ausgedehnt wurde. Wie dem auch sei, fröhliche Ausgelassenheit ist in der Fasnacht allemal angesagt.

Viel wird für die Erhaltung der echten schwäbischen Fasnacht, einem unverzichtbaren Teil des Brauchtums und bodenständiger, lokaler Eigenheit getan. Nicht zuletzt von Vereinen und Organisationen wie der „Lindauer Narrenzunft", den „Aitracher Roiweible", dem Günzburger „Verein für die Pflege des Brauchtums" oder der Lauinger „Laudonia", um nur einige zu nennen. Sie alle haben sich zum Ziel gesetzt, überkommenes, bodenständiges, schwäbisch-allemannisches Fasnachtsbrauchtum zu erhalten, zu pflegen und zu fördern. Es fehlt auch nicht an fantasievollen Namen für die Maskengruppen wie die Bezeichnungen „Lindauer Moschtköpf", „Pflasterbutzen" oder „Binsengeister" beweisen.

Den Schwaben wird von den übrigen Bayern ja eher ernster Fleiß nachgesagt als besonderer Humor. Jetzt in der Fasnet allerdings geht die schwäbische Volksseele schon etwas aus sich heraus. Genau so wichtig wie etwa das Verkleiden, Tragen von Masken und Larven, Tanzen und Herumtollen in der Fasnacht, ist den Schwaben aber auch die zeitgerechte Verpflegung. Küachle und Krapfa sind es, die sich in dieser Zeit besonderer Beliebtheit erfreuen. Es gibt sogar einen eigenen Vers dazu:

> „Luschtig isch die Fasenacht
> wenn mei Muader Küachla bacht.
> Wenn sie aber koine bacht,
> pfeif i auf die Fasenacht."

Der Februar ist auch der Scheidemonat zwischen Winter und Frühling. Zum 25. Januar heißt eine alte Bauern- und Wetterregel: „Pauli Bekehr, der Winter halb hin und halb her."

Schlenkeln an Lichtmeß — eine Mark für einen Ochsen

Am 2. Februar ist Lichtmeßtag, der Grenztag zwischen dunkler und heller Zeit. Lichtmeß, das genau 40 Tage nach Weihnachten im Kalender steht, ist bereits das erste Frühlingsfest. Jetzt ist der Tag schon eine volle Stunde länger. Eine Wetterregel sagt:

> „Die Tage werden länger:
> Weihnacht um an Muggenschritt,
> Neujahr um an Hahnentritt,
> Dreikönig um an Hirschensprung,
> Lichtmeß um a ganze Stund'."

Lichtmeß war früher im Bauernleben ein besonders wichtiges Datum. Da „schlenkelten" die Dienstboten, das heißt sie wechselten ihren Arbeitsplatz. Die Knechte und Mägde erhielten den Lohn für ein ganzes Jahr ausbezahlt. Um die Jahrhundertwende hatte ein

Knecht etwa 150 Mark Jahreslohn, bei freier Kost und Wohnung. Ein kleines Zubrot gab es immer dann, wenn der Bauer ein Stück Vieh verkaufte. So bekamen Knecht und Magd, wenn ein Stück Großvieh, z. B. ein Ochse oder eine Kuh den Besitzer wechselten, eine Mark; bei einem Kälbchen oder Schwein waren es immerhin noch 50 Pfennige. Dies war eine willkommene Aufbesserung des Lohns, konnte man sich in den Dreißiger Jahren für 50 Pfennige doch bereits eine Maß Bier leisten. Auch sonst hatte der Lichtmeßtag noch allerlei Besonderheiten. So mußte der Bauer an diesem Tag das Vieh selbst versorgen und höchstpersönlich den Knecht, wenn dieser schlenkelte, mit der Kutsche vom Hof fahren. Die Mägde bekamen einen Schlenkellaib in den Korb. Für die jungen Schlenkaler begannen dann oft ein paar fröhliche Tage, denn jetzt hatten sie auch etwas Geld im Sack. Wer vom Gesinde bis Lichtmeß keinen neuen Arbeitsplatz gefunden hatte, besuchte einen der sogenannten Schlenkelmärkte, um dort sein Glück zu versuchen.

Einblaseln

Der Tag nach Lichtmeß ist Blasius. Nach alter Sitte geht man an diesem Tag zum „Einblaseln", wo man mit gekreuzten Kerzen den Blasiussegen empfängt. Der Heilige Blasius genoß im Volk schon immer besondere Verehrung. Der Blasiussegen hilft nach altem Volksglauben gegen Krankheiten und soll vor allem vor Halsleiden schützen. Nach der Legende hat der heilige Blasius, einer der 14 Nothelfer, der im 14. Jahrhundert den Martertod starb, im Kerker einen Knaben vor dem Erstickungstod gerettet, als diesem eine Fischgräte im Hals stecken blieb.
Am Agathatag, dem 5. Februar, waren dann alle Dienstboten im Hause. Man trug Brot zur Weihe in die Kirche und aß es gemeinsam, um Kraft für das neue, harte Bauernjahr zu haben.

Aschern

Im krassen Gegensatz zur fröhlichen Ausgelassenheit der Fasnacht steht der Aschermittwoch. Mit diesem Tag beginnt die „40tägige Fastenzeit", die bis Karsamstag dauert. Nach altem, seit dem 11. Jahrhundert geübten Brauch, geht man heute zum „Aschern" in die Kirche. Der Pfarrer zeichnet den Gläubigen mit geweihter Asche aus verbrannten Palmzweigen ein Kreuz aufs Haupt und erinnert dabei an die Vergänglichkeit alles Irdischen mit den Worten: „Bedenke Mensch, daß du Staub bist und zum Staub zurückkehren wirst". Der Aschermittwoch ist strenger Fast- und Abstinenztag. Mehl- und Fischspeisen bestimmen den Speiseplan. Allerdings erlauben die heutigen Fastengebote keinen Vergleich mit den einst von der Kirche erlassenen Vorschriften. Auch die jetzt überall veranstalteten Starkbierfeste stehen eigentlich im Widerspruch zur Besinnlichkeit der Fastenzeit. Nach jahrhunderte alter Tradition wird dabei vorher eigens gebrautes, hochprozentiges Bier ausgeschenkt. Dieses Bier diente Mönchen einst als einzige Nahrung während der Fastenzeit und stellte keinen Vertoß gegen das strenge kirchliche Fastengebot dar („Flüssiges bricht das Fasten nicht").

Eine Scheibe fürs Schätzle

Nach dem Kalender endet der Winter am 20. bzw. 21. März; somit ist dieser Monat der erste Frühlingsmonat. Jetzt freut man sich über das Ende der kalten Jahreszeit und das sich zeigende neue Wachstum.
Am ersten Fastensonntag, auch Funkensonntag genannt, leuchten nach Einbrechen der Dunkelheit die Funken- oder Scheibenfeuer. Auf einer Anhöhe errichtet man dazu einen riesigen Holzstoß. Mit dem Verbrennen einer selbstgebastelten Hexe soll der Winter endgültig vertrieben werden. Dieser Brauch hat sicher auch seine Wurzel in der ewigen Sehnsucht der Menschen nach Wärme und Licht. Wenn die Flammen richtig lodern, werden glühende Holzscheiben an einen Draht gebunden und weggeschleudert. Dazu wird gerufen: „Scheib aus, Scheib ei, Scheib über da Roi, dia Scheib soll für (hier setzen die jungen Burschen den Namen ihrer Herzallerliebsten ein) sei". Auch das leibliche Wohl kommt an diesem Tag nicht zu kurz. Die Funkenküchle aus Hefeteig zählen zu den schwäbischen Delikatessen.

Ratschen rufen zum Gebet

Mit dem Palmsonntag beginnt die Karwoche. Dieser Tag steht ganz im Zeichen der Palmweihe und der feierlichen Palmprozessionen, die an den Einzug Christi in Jerusalem erinnern sollen. Prächtige Palmbuschen, im Oberschwäbischen auch riesige, mit bunten Eiern behängte Palmzweige, die „Eierpalmen", werden dabei mitgetragen. Bis ins 10. Jahrhundert läßt sich der Palmesel-Brauch zurückverfolgen, bei dem ein aus Holz gefertigter oder auch lebendiger Esel bei der Prozession mitgeführt wurde. Da mit dem manchmal störrischen Grautier oft rechter Unfug getrieben wurde, schritten die Kirchenoberen später dagegen ein. Wer am Palmsonntag als letzter aus den Federn kommt, handelt sich die Bezeichnung „Palmesel" ein. Heute werden auch die Palmbrezen gegessen.
Am Gründonnerstag, dessen Feier schon im 4. Jahrhundert nachgewiesen ist, wird bereits etwas vom Ernst der Karwoche sichtbar. Zum Zeichen der Trauer verstummen die Glocken. Früher sagte man: „Sie fliegen nach Rom." An ihre Stelle treten bis zur Osternacht die „Ratschen" oder „Rätschen". Die Alten kennen noch die Bezeichnung „Antlaß-Pfinsta" oder Ablaßtag für den Gründonnerstag. An diesem Tag wurden früher die Gläubigen, die mit einer Kirchenstrafe belegt waren, wieder in die Mahlgemeinschaft aufgenommen. Gründonnerstag leitet sich ursprünglich von

„greinen" für weinen, klagen ab, da an diesem Tag die Passion Jesu beginnt. Später hat man das Grün dieses Tages in die Bezeichnung mit einbezogen.

Der Karfreitag (vom althochdeutschen Wort „chara" für Klage, Trauer) ist der einzige Tag im Jahr, an dem keine heilige Messe gefeiert wird, sondern nur eine „zerstörte Messe" mit den am Tag vorher verwandelten Gaben. Auch dies ein Ausdruck von Trauer und Schmerz. An diesem Tag steht die Betrachtung vom Leiden und Sterben Jesu Christi im Mittelpunkt. Am Karfreitag gingen früher die Ministranten durchs Dorf, um die Gläubigen mit Holzratschen zum Gottesdienst zu rufen. Dafür wurden sie mit bunten Ostereiern beschenkt. Ein Besuch der besonders schön und liebevoll geschmückten Heiligen Gräber gehört zum festen Karfreitagsbrauchtum. Es folgt die Zeit der Grabesruhe bis zum Karsamstag.

Nach dem Karsamstag bricht am Ostersonntag die Osterfreude aus, der Jubel über die Auferstehung des Herrn. Die Ostereier („Oschtergaggala") werden mit anderen Speisen zur Kirche getragen und geweiht. Jedes Familienmitglied bekommt anschließend „ebbes Gweichts" zum Essen, für die Kinder ist dabei meistens das „Oschterlämmle" reserviert.

Am 23. April, dem Namensfest des heiligen Georg, des Pferdepatrons, finden in vielen Gegenden zu Ehren des Heiligen prächtige Umzüge statt.

Der Maibaum –
Symbol des Zusammenhalts

Das Brauchtum im Mai ist Ausdruck von Lebensfreude und Liebe. Uralt ist die Sitte des Maibaum-Aufstellens in dieser Zeit. Er ist Symbol für den Zusammenhalt und den Wohlstand einer Gemeinde. Es läßt sich nicht genau festlegen, wann der Maibaumbrauch bei uns heimisch wurde. Erste Hinweise darauf gibt es jedoch bereits im 13. Jahrhundert. Auch das Setzen eines Maibaums in Form von grünen Zweigen im Garten eines Mädchens, dem man seine Liebe zeigen möchte, läßt sich weit zurückverfolgen.
Jetzt ist auch die Zeit der Bittprozessionen, zu denen sich die Gläubigen nach altem Brauch mit den Seelsorgern und Ministranten durch Städte und Dörfer, über Fluren und Felder, zu einer Kirche in der Nachbargemeinde aufmachen. Man betet um die verschiedensten menschlichen Anliegen. Zum Schluß der Messe wird der Wettersegen erteilt. Er soll von der Ernte alle Schäden, wie Nässe, Dürre, Blitz, Hagel und Unwetter abhalten.
Seit altersher ist der Monat Mai auch der Marienmonat. In den katholischen Kirchen finden vor prächtig geschmückten Marienaltären Maiandachten statt. Die Gläubigen stellen sich unter den Schutz der Gottesmutter. Diese Verehrung zeugt von einer tief im Volk verwurzelten Marienfrömmigkeit.

Die Eisheiligen —
drei frostige Gesellen

Der Mai gilt seit altersher als Wonnemonat. Mit aller Macht kündigt sich nun der Frühling an, er zeigt sich jetzt in seiner ganzen Schönheit, ist bunt und blüht dem Sommer entgegen. Gefährlich werden können den jungen Blüten jetzt nur noch die „Eisheiligen", die zur Monatsmitte im Kalender stehen. Sie können nochmal Frost bringen. Die Wettersprüche zeugen von dem Respekt, den man im Volk den drei gestrengen Herrn Sankt Pankratius, Sankt Servatius und Sankt Bonifatius entgegenbringt: „Pankrazi, Servazi, Bonifazi, sind drei frostige Bazi, und zum Schluß fehlt nie die Kalte Sophie" sagt der Volksmund. Dabei haben die Legenden, die sich um diese drei Heiligen ranken, nichts mit den um diese Zeit beobachteten Naturvorgängen zu tun. Meteorologen führen die Witterungsveränderungen in diesen Tagen lediglich auf den Ausgleich zwischen den vorsommerlichen Temperaturen im Süden und einströmender Polarluft aus dem Norden zurück.

Feierlicher Umgang

Fünf Mark Haftgeld

Der ruhigste Monat, was Feiern und Feste angeht, ist der Juli. Am Jakobitag, am 25. Juli, wurden die Dienstboten früher gefragt, ob sie auch im nächsten Jahr auf dem Hof bleiben möchten. Bejahten diese, bekamen sie vom Bauern 5 Mark „Haftgeld", womit der Vertrag, meist mündlich und mit Handschlag, für ein weiteres Jahr besiegelt war.
Für die Bauern beginnt jetzt, je nach Witterung, oft schon die Erntearbeit. Für Nichtlandwirte und Schüler die heißersehnte Ferienzeit.

77 Kräuter für die Weihbuscheln

Der nun folgende Monat August hat seinen Namen vom römischen Kaiser Augustus. Am 15. ist Mariä Himmelfahrt auch „großer Frauentag" genannt. Nach über tausend Jahre altem Brauch werden heute Kräuter geweiht, die in der Volksmedizin geschätzt sind. Zu Buschen gebunden werden sie stolz in die Kirche getragen. Früher mußten es nicht weniger als 77 Kräuter sein, dazwischen die Wetterkerze und Maiskolben. Altem Volksglauben zufolge gehen von den geweihten Kräutern, den „Weihbuscheln", Heilkräfte aus. Es ist der älteste Brauch, den wir kennen. Schon in vorchristlicher Zeit, bis weit in die Antike zurück, schrieb man den in dieser Jahreszeit gepflückten Kräutern besondere Heil- aber auch Zauberkraft zu. Die christliche Überlieferung hält sich an folgende Legende: Als die Apostel das Grab Mariens öffneten, fanden sie anstelle des Leichnams der Gottesmutter nur herrlich duftende Rosen, Lilien und fruchtbare Gewächse vor. Wahrscheinlicher ist jedoch, daß die Entstehung dieses Brauches mit der Verehrung zusammenhängt, die man Maria, deren Todestag um die Mitte des Monats August angenommen wird, als „Schützerin der Feldfrüchte" und „Schönste Blume" schon in altchristlicher Zeit entgegenbrachte.

Daß dieser Brauch in unseren Tagen zu neuer Blüte gelangt, läßt sich sicher auch mit dem wieder erwachten Sinn für die stillen, natürlichen Kräfte der Pflanzen und Kräuter erklären. Die goldgelbe Kerze, die auch „Königskerze" oder „Muttergotteskerze" heißt, wurde

früher mit Wachs übergossen und wie eine Kerze abgebrannt. Die geweihten Kräuter sollen auch vor drohenden Unwettern schützen. Bei herannahenden Gewittern wirft man eine Handvoll in das Herdfeuer.
Am 10. August steht Laurentius im Kalender. Allmählich verliert jetzt die Sonne an Kraft. „Laurenz bringt den Herbst an die Grenz", sagt der Volksmund. Um Bartholomä, das ist der 24. August, beginnt es dann schon zu „herbsteln".

Almabtrieb –
der Alpsommer geht zu Ende

Mit dem September ist der Herbst endgültig ins Land gezogen. Nach dem Kalender beginnt er am 22. September. Obst und Gemüse reifen heran, die Kartoffeln sind bereits geerntet. Würzig riechende Rauchschwaden von Kartoffelkrautfeuern ziehen übers Land. Für die Abc-Schützen beginnt der Ernst des Lebens, wobei der erste Schultag noch mit einer gefüllten Schultüte versüßt wird. Dieser Brauch, ursprünglich nur in Schlesien, Hessen und Thüringen daheim, kam etwa Mitte dieses Jahrhunderts zu uns.
Auch der Alpsommer geht nun zu Ende. Die Sennerinnen und Senner bereiten sich auf den Almabtrieb vor. Als Stichtag gilt im bäuerlichen Kalender der 29. September, der Michaelitag. Hunderte von Kuhglocken läuten das Ende des Weidesommers auf saftigen Bergwiesen ein. Ist die Weidesaison auf der Alm glücklich verlaufen und hat kein Tier Schaden erlitten, werden die Tiere nach alter Väter Sitte zum Almabtrieb prächtig herausgeputzt. Im Allgäu wird die Leitkuh mit Kränzen aus Tannengrün, Almblumen und bunten Bändern „aufgekranzt". Gab es während des Sommers auf der Alm ein Unglück, bleibt das Vieh ungeschmückt. Der Viehscheid ist mit einem zünftigen Volksfest verbunden. Bereits 1794 ist ein Viehscheid in Hindelang im Allgäu urkundlich nachweisbar.

Der Zachäus weht vom Kirchturm

Im Monat Oktober sind die Bauern noch oft mit Erntearbeiten beschäftigt. Der sogenannte „Altweibersommer" hat häufig sehr warme Tage. Das sich bunt färbende Laub zeigt den Herbst jetzt von seiner schönsten Seite. Mit festlichen Gottesdiensten wird am ersten Sonntag des Monats „Erntedank" gefeiert. Besonders schöne Früchte aus Feld und Garten sowie eine kunstvolle Erntekrone aus Getreide, werden vor dem Altar aufgebaut. Am dritten Sonntag steht das Kirchweihfest im Kalender. Vom Turm flattert die Kirchweihfahne, der „Zachäus". Der zentrale Satz aus der Zachäus-Geschichte des Lukas-Evangeliums „heute ist diesem Haus das Heil geschenkt worden", hat der Kirchweihfahne ihren Spitznamen gegeben. Alte Tradition hat der Kirchweihtanz.

Seelenwecken vom Dotle *

Der November war seit jeher dem Gedenken an die Toten gewidmet. Die Gräber werden mit Lichtern und Blumen geschmückt. Winterruhe kehrt in der Natur ein, die Tage werden kürzer und düster. Am 2. November, dem Allerseelentag, bekam man von seinem Dotle früher einen „Seelenwecken". Versäumte dies das Dotle, wurde es mit den wenig schmeichelhaften Worten bedacht. „Dreck-Dotle, hoscht mir au koin Sealawecke it gea". Der Allerseelentag gehörte früher ganz dem Gedenken der verstorbenen Angehörigen. Die Seelenwoche schloß sich an. Am Abend wurde in diesen Tagen der Seelenrosenkranz gebetet; für jeden Verstorbenen zündete man ein Licht an.

Am 6. November steht Leonhard im Kalender. Der Leonharditag wird mit prächtigen Pferdeumritten begangen. Schließlich ist dieser Heilige der Schutzpatron des Viehs, vor allem der Pferde.

Etwas Licht in den dunklen Monat November bringt die Gestalt des heiligen Martin, dessen Namensfest am 11. November im Kalender steht. Nach der Legende teilte er seinen Mantel mit einem Bettler und wurde so zum Symbol tätiger Nächstenliebe. Mit bunten, selbstgebastelten Laternen ziehen die Kinder singend zum Martinsfeuer, wo die Martinsbrote verteilt werden. Die Nacht zuvor, die sogenannte Martinsnacht, verbrachte man früher mit Spielen, aß Krapfen und Küchle und brannte die bunten Martinshölzer, die „Schweabele" ab. Mit dem Kathreinstag, am 25. November, ist es mit den Tanzfreuden vorbei. Jetzt beginnt die besinnliche Jahreszeit. „Kathrein stellt den Tanz ein", sagt der Volksmund.

Die stille Zeit

Der Monat Dezember hat die kürzesten Tage und die längsten Nächte.
Der Advent, die stille Zeit, wie sie oft auch genannt wird, versteht sich als Vorbereitung und Hinführung zum Geburtsfest des Herrn. Landauf, landab finden jetzt wieder die beliebten Adventsingen statt. Im Advent werden die Rorate-Frühmessen, früher Engelämter genannt, abgehalten. Die Gläubigen bringen dazu ihre eigene Kerze oder einen Wachsstock mit.
Diese stillen Wochen werden eigentlich ganz untypisch durch laute Nikolausbräuche durchbrochen. Bekamen die Kinder den „Klaus" am 6. Dezember früher oft gar nicht zu Gesicht – nur ein gefüllter Teller mit Obst und Süßigkeiten zeugte von seinem Besuch – war dies bei einem anderen Brauch nicht der Fall: An den ersten drei Donnerstagen im Advent war der „Klopferstag". Da machten sich bei hereinbrechender Dunkelheit die sogenannten „Klopfer" auf den Weg. Maskiert und vermummt pochten sie heftig an Fenster und Türen und sagten unter einem Höllenlärm ihre Sprüche auf, im Mittelschwäbischen z. B. diesen:

> „I komm und klopf und sage a,
> daß Chrischt dr Herr bald komma ka.
> Bäure hol Äpfl, Bira, Nuß
> d' Klopfer standet duß."

Die Bauern erwarteten die finsteren Gestalten sehnsüchtig. Sollten sie doch böse Geister und Dämonen vertreiben, sowie Gesundheit für Haus und Hof bringen. Aus Dankbarkeit wurden sie von der Bäuerin mit Eßbarem beschenkt.

Der Barbarazweig –
Vorläufer des Christbaums

Am 4. Dezember wird das Fest der heiligen Barbara gefeiert. Mit dieser Heiligen wird der Brauch verbunden, Barbarazweige zu schneiden, die man sich ins warme Zimmer stellt und bis zum Weihnachtsfest zum Blühen zu bringen hofft. Der Barbarazweig ist der Vorläufer des Christbaums. Erst etwa um die Jahrhundertwende setzte sich der Brauch durch, sich als Symbol des Weihnachtsfestes einen Tannenbaum in die Wohnung zu stellen. Auch am Christbaumschmuck ist der Zeitgeist nicht spurlos vorbeigegangen. Zunächst behängte man den grünen Baum hauptsächlich mit Papierrosen, Äpfeln und Zuckerwerk; später mit Marzipan, Lebkuchen und Feigen, dann kam Glasschmuck und Lametta dazu. In jüngster Zeit wendet man sich wieder mehr vom industriell hergestellten Christbaumschmuck ab und kehrt zurück zu natürlichem Dekor, wie Wachsmodeln, Strohsternen und Holzschmuck.
Ein wichtiger Tag für die Kinder war in der Vorweihnachtszeit früher der 21. Dezember, der Thomastag. Im Allgäu schwebten aus den Fenstern an dünnen Fäden selbstgebastelte Engel als Vorboten des Christkinds auf sie herab. Auch für die Mädchen war die Thomasnacht bedeutungsvoll: sie schlichen in den Stall und fragten ein Pferd, ob sie wohl noch in diesem Jahr einen Mann bekämen. War die Antwort ein Wiehern, sah man dies als positives Zeichen an.

Kirchenwacht

Im Gegensatz zu heute war der Heilige Abend früher bis nach der Christmette ein strenger Fast- und Abstinenztag, an dem man sich nur einmal an einer einfachen Suppe sattessen durfte. Zur Bescherung gab es das selbstgebackene Kletzenbrot aus Roggenmehl und gedörrten Birnen. Diese Eßgewohnheit hatte nicht zuletzt den Sinn, die an diesem Tag ohnehin überbeanspruchte Hausfrau wenigstens etwas zu entlasten.
Da man dem Heiligen Abend eine besondere Kraft zutraute, legte man früher ein Büschel Heu vor die Türe, um die Tiere davon fressen zu lassen. Dies sollte sie das ganze Jahr über vor Krankheit schützen.
Rechtzeitig vor Mitternacht machte man sich auf den Weg zur Christmette in der Dorfkirche. Nach einem alten Brauch blieb dabei immer ein Erwachsener, meist der Großvater, zur Sicherheit daheim und hütete das Haus. Dies war auch während des Jahres so, wobei immer die Bewohner eines anderen Hauses zur „Kirchenwacht" eingeteilt waren. Dazu bediente man sich des sogenannten „Kirchenwachtsteckens", der von Haus zu Haus weitergereicht wurde. Nach der Rückkehr von der Christmette versammelte sich die ganze Familie um den Tisch und nahm ein üppiges Mahl ein, das sich oft bis zum Morgen hinzog.
Am Heiligen Abend gingen Jugendliche und ärmere Erwachsene früher von Haus zu Haus und sangen klei-

ne Lieder. Als Lohn wurden sie mit den in der Adventszeit gebackenen „Bierazelta" beschenkt. Daher kommt der Name „Singet" für dieses Backwerk. Der Brauch des Weihnachtssingens ist zwar so gut wie ausgestorben, der Name für das „Singetbacken" hat sich jedoch bis heute erhalten. Reste heidnischen Aberglaubens waren es sicherlich, daß in der Heiligen Nacht früher keine Wäschestücke im Freien auf der Leine sein durften. Dies bedeutete Unglück für das kommende Jahr. Auch heute noch halten sich in Stadt und Land viele Familien an diesen Brauch: Zwischen Weihnachten und Neujahr wird nicht gewaschen – auch nicht im Zeitalter der Waschmaschinen und Wäschetrockner.

Die 12 Tage zwischen dem Hl. Abend und dem Dreikönigstag waren früher wichtige Lostage. Jeder dieser Tage stand für einen Monat des kommenden Jahres. War z.B. der 6. Tag unbeständig, folgerte man daraus einen schlechten Juni.

Feuerwerk gegen böse Geister

Langsam neigt sich das Jahr seinem Ende entgegen. Nach der Feier des Weihnachtsfestes wird an Silvester das neue Jahr begrüßt. Obwohl immer vom Silvestertag gesprochen wird, haben die Bräuche, die sich um diesen Tag ranken, mit dem Heiligen, dessen Namenstag zufällig an diesem Tag gefeiert wird, überhaupt nichts zu tun, sondern ausschließlich mit der Jahreswende. Nach altem Brauch wird am frühen Abend in der Kirche die besonders festlich gestaltete Jahresschlußfeier besucht.
In der Neujahrsnacht zogen die Burschen früher vor das Fenster ihrer Angebeteten, um das „neue Jahr anzuschießen". Sie erwarteten dann von ihr in die Stube zu einem Gläschen Schnaps eingelassen zu werden, um auf das neue Jahr anzustoßen. Silvesterfeiern im heutigen Sinne kamen erst später auf. Heute setzt man sich im Familien- oder Freundeskreis zusammen, um das Jahr gemeinsam ausklingen zu lassen. Festliches Geläute kündigt den Beginn des neuen Jahres an. Übertönt wird es dabei oft von unzähligen Knallern und Krachern des Silvesterfeuerwerks. Alter Volksmeinung zufolge soll es die bösen Geister vertreiben und Glück für das neue Jahr bringen.

WORTERKLÄRUNGEN

Aegid	Pater Aegidius Kolb aus Ottobeuren ist Autor eines schwäbischen Kochbuchs
Bauza	Kartoffelnudeln
bibbere	zittern (vor Kälte)
Dotle	Pate
diamaul	manchmal
drimslig	benommen, schwindlig
ebber	jemand
feift	fünfte
Fidle	Hintern
fiechtig	fürchterlich
futt	fort
Gfrett	beschwerliche Umstände
glieschtig sei	Appetit auf etwas haben
Glump	unnützes Zeug, Plunder
gmetzget	geschlachtet
a gotzigs	ein einziges
grätig	grantig, mißmutig
Grend	Kopf
Hafa	Topf
Hausere	Haushälterin
Häs	Gewand
Hemel	Himmel
hofala	vorsichtig, bedächtig
kähl	wild
Knöpfla	Spätzle
Lätschabebbe	Langweiler
lau	lassen
loosen	horchen, hören
Michele	abgezwackte kleinere Beträge, Notgroschen
mittlescht	mitten drin
nauche	eigentlich
nächt	gestern
nemma	nicht mehr
nixig	wertlos, hier: dünn
Nuis	Neues
Omuas	nervöses Getue
pfurrat	herumrennen
schlait	schlägt
schliefra	schleifen, rutschen
sell	selbst
versonna	in Gedanken versunken
verdappat	hier: verschmutzt
Zanna	beleidigtes, böses Gesicht